U0003815

mark

這個系列標記的是一些人、一些事件與活動。

Mark 95
故人故事

作者：江青

責任編輯：李濰美

校對：江青、趙曼如、李昧

法律顧問：全理法律事務所董安丹律師

出版者：大塊文化出版股份有限公司

地址：台北市105南京東路四段25號11樓

www.locuspublishing.com

讀者服務專線：0800-006689

TEL：(02) 87123898　　FAX：(02) 87123897

郵撥帳號：18955675　戶名：大塊文化出版股份有限公司

版權所有　翻印必究

總經銷：大和書報圖書股份有限公司

地址：新北市新莊區五股工業區五工五路2號

TEL：(02) 89902588（代表號）　FAX：(02) 22901658

初版一刷：2013年2月

ISBN 978-986-213-416-0

定價：新台幣350元

Printed in Taiwan

國家圖書館出版品預行編目資料

故人故事 / 江青著. -- 初版. -- 臺北市：
大塊文化, 2013.02
　　面；　公分. --（Mark；95）

ISBN　978-986-213-416-0（平裝）

855　　　　　　　　　101027785

故人故事

江青———著

|目錄|

友人友事

影人影事

俠女江青

李歐梵

　　江青的新書《故人故事》即將出版，她從紐約突然打電話給我，請我參加二月初在台北書展的新書發表會，可惜我因課業關係無法抽身前往，遂自告奮勇，願意為她寫幾句話推薦。不料在她督促之下，這幾句話竟然變成了一篇小序。

　　其實我哪有資格寫？她的各界朋友太多了，從演藝界到工商界到知識界的風雲人物，車載斗量，本書中就包括李翰祥、胡金銓、方盈、張美瑤、張大千、黃苗子、劉賓雁、董浩雲、俞大綱，高信疆……這些名人個個喜歡江青，在她的真性情感召之下，都不自覺地變成了她的好友和支持者。我不敢高攀，因為在我的心目中江青永遠是一個真正的「俠女」，既然她在書中處處描寫別人，也該讓別人寫點她的故事。

　　其實我也沒有資格寫，只能以朋友身份寫點對江青的觀感和看完本書後的讀後感，不料連自己的回憶也寫進去了。

　　江青是我多年的老友，早在上世紀七十年代初她隻身來美國闖天下的時候就認識了。當時我在普林斯頓大學初任教職，常去紐約聽音樂會。同事高友工教授向我提起江青這個名字，我當然知道。誰不知道她是大明星，而且是演過《西施》的大美人？然而當時我對台港的影藝界有一點偏見，覺得是「非我族類」，除了老友胡金銓之外，我一向避而遠之。時在西岸加大柏克萊分校任教的鄭清茂再三向我保證，江青早已洗淨鉛華，離開謠言滿天飛的台灣影壇，來美國發展她真正喜歡的藝術——舞蹈，而且重新開始，最喜歡和我們這些學界人交往。在紐約見到她以後，發現果然如此。更難能可貴的是她性格直爽，完全是性情中人。於是我跟隨高友工也「混進」了江青的朋友圈子之中，有時還陪她去林肯中心欣賞各種舞蹈表演，觀後高談闊論，不知不

覺之間學到很多東西。

　　最令我難忘的是江青在她那間斗室開的派對，每次都是高朋滿座，大家擠在一起，飲酒作樂。紐約的畫家個個放蕩形骸，喝了幾杯之後更是口無遮攔，辯論起來更是面紅耳赤，就差沒有打架。此中的佼佼者、幾乎無人可敵的反而是我的學界同行——女中豪傑陳幼石。她也是江青的摯友，聽到略帶「大男人主義」的言論必起而應戰。這本書中提到的大畫家丁雄泉，就曾是她的手下敗將。江青心存忠厚，在懷念丁雄泉的文中只說「壞來西丁」和這位她的女友「針鋒相對，你一言她一語頂撞起來」，但未提她的名字。我想即使我提了，幼石也不會見怪的，因為她也是一位真性情的「奇女子」。

　　和這幾位奇女子交朋友，對我來說既有心理壓力又覺得痛快之至。那群紐約藝術家大多是自願流浪到紐約的窮光蛋，直令我想到普契尼的歌劇《波西米亞人》。去年看了活地·亞倫（Woody Allen）的影片《情迷午夜巴黎》（Midnight in Paris），看得眼淚都快流出來了，出奇地感動，這部影片又使我憶起在紐約見到的這些「浪人」藝術家，後來個個都成了名。數月前在台北美術館看到丁雄泉的畫展，不禁想到江青在紐約作「沙龍」主人的那段日子。十二月初到高雄講學，偷閒到高雄美術館看達利（Dali）的畫展（《午夜巴黎》中就有他），看完和妻子到樓上參觀，闖進了柯錫杰的攝影展，不禁又想到在江青家裡初識時他那副到處和人擁抱的童真樣子。在展覽館的一間暗室裡看到他拍的一系列華人藝術家的放大照片：丁雄泉、韓湘寧……還有林懷民，當然還有江青，不禁大為興奮，向身邊的老婆指指點點。其實，我那個時候不

過三十歲出頭，閱歷有限，承江青之邀，只能作壁上觀，大開眼界，但沒資格參與狂歡。昨天一口氣看完江青的這本新書，又百感交集，更悵然若失，因為書中的有些人物已經作古，當年紐約的「波西米亞」聚會，在江青離開後也煙消雲散了。

後來我自己也離開東岸，到中西部的印第安那大學另闖天下，和江青見面的機會也少了。偶爾從友人口中聽到她非但事業有成，而且結了婚，夫君比雷爾是瑞典醫學界的名人，我好像在江青的派對中見過他，依稀記得有一個洋人對她情有獨鍾，喝得半醉，不停地叫江青的名字。真沒想到如今連比雷爾也仙逝了。書中〈三毛陪我們度蜜月〉一文，情詞並茂，讀來莞爾，還附了他和江青在里斯本的結婚照片，內中這對儷人真是瀟灑之至。套用一句俗話：非但有情人終成眷屬，而且江青好心有好報！

我移居香港後，和江青失去聯絡，不料幾年前在灣仔一家餐館偶遇江青，她才告訴我夫君已逝，又令我想起九十年代初在他們的瑞典小島作客的情景。記得我適在斯德哥爾摩開會，江青只請了三、四個好友到她家（內中有高友工）度週末。我因水土不服染了傷風感冒，當晚大家暢飲紅酒，比雷爾見我鼻水直流，連打噴嚏的狼狽樣子，站起來說：「我有妙藥可以治你的傷風，就看你敢不敢試！」原來是芬蘭桑拿浴。我還是中年，哪有不敢的道理？只見江青在一邊偷笑，原來高友工早已退縮不前了。於是比雷爾帶了我們兩三個壯漢，直奔桑拿浴小屋，洗了個大汗淋漓，比雷爾又一聲令下，叫大家脫得精光，直衝出來，在深秋的凜冽寒氣中，他身先士卒，一頭跳進旁邊已經結冰的池水裡！原來冰塊中間還留有一個小洞，我到此也只好硬著頭皮隨他跳了進去，幾分鐘後回家更衣，竟然發現自己的鼻子也不塞了，渾身舒暢，傷風果然治癒了。

讀到書中〈隔海近鄰〉一文，讓我憶起比雷爾——一個扎扎實實的瑞典漢子。那

　　　　　　　　　　　　　　　　　　　　　　　故人故事

次他親自划船帶我們在島外四處遊覽，我記憶中的比雷爾就是照片中（見137頁）那個樣子。這位諾貝爾醫學獎委員會的成員，高級知識分子，照樣腳踏實地，和鄰居相約捕魚，如今他竟然作古，我至今不能置信。

　　走筆至此，才發現這篇小序寫得太長，囉囉嗦嗦，有點離譜，但結束前不得不提書中的兩位大導演——胡金銓和李翰祥。此書中的影藝圈中名人，我都不認識，但金銓倒是我的摯友，江青文中所描寫的金銓是他的一面；我在香港和洛杉磯見到的金銓，是他的另一面，剛好湊在一起，拼成一個真正的藝術家畫像。至於大導演李翰祥，我則無緣認識。江青把懷念李翰祥的文章放在最後，是有道理的，因為她和李導演既有緣又無緣，文中字裡行間都是欲言又止的情意，使我們這些局外人得以窺見這位大導演懷才不遇的一面。最後兩家人竟然在香港一個餐館偶遇，簡直像電影的場景，如果張愛玲再世，說不定會把它編成小說或電影劇本。

　　江青自息影以來，據我所知只「演」了一部影片，就是去年陳耀成拍的《大同：康有為在瑞典》紀錄片，最近在海峽三岸放映，引起不少爭論，但很少論者提及江青自己在瑞典的藝術生涯和康有為的「對位」關係。她在片中作口述者，不但介紹了康有為流落瑞典的經驗，也說到她自己，時空交錯和轉移之後，和她在本書中所扮演的敘事者角色倒有幾分相似之處，讓我們看到江青多年來在歐美舞台和藝壇的奮鬥經驗。華人世界多講華人事，但江青的世界卻是超越了華人，她的舞蹈藝術也融和了東西文化，但永遠植根於中國傳統。我非行家，不敢妄評，但遲早會有藝評家為她著書立說的。我忝為她的眾多好友之一，並且有幸為她寫篇小序，除了汗顏之外，只想藉此向這位俠女表達一點敬意和欣慰之情。

夜雨十年燈

董橋

那天在倫敦英國廣播電台酒吧間認識英國夫婦約翰與黛爾，桑簡流先生的朋友。約翰是編劇家，也寫詩。黛爾記得是在泰特美術館做事，聽說從前是芭蕾舞蹈員。桑先生那陣子在梳理美國舞蹈家鄧肯的生平，電台文藝節目裡要用。他請教了一些問題。黛爾細細解答。鄧肯是創造革新舞蹈的先驅，在英國在俄國在歐洲名望崇高，影響深遠，為魏格曼、格雷姆肇創的現代舞披荊斬棘。鄧肯精心闡釋布拉姆斯、瓦格納、貝多芬作品，桑先生問了許多理念。黛爾分析整套體系，專極了，我聽不懂。她說鄧肯二十一歲來英國研究古希臘藝術，那是整套理念的根基。她舉的例子又細又多，桑先生說電台節目很難播送得清楚。約翰靠在沙發上喝酒抽煙，細數鄧肯鼓吹自由戀愛的故事：先跟舞台美術家克萊格同住，再跟富商辛格相戀，生過兩個孩子，都車禍喪生。一九二一到一九二四年她僑居蘇聯期間跟詩人葉賽寧結婚。一九二七年她也車禍，也殞命，才五十歲。

那年冬天我讀鄧肯傳記。旅英那些年我聽音樂會多看舞蹈少。瑪歌‧芳婷看過，努里耶夫看過。真棒，別的不記得了。那時期江青住在瑞典。我沒看過她抽象演繹《王魁負桂英》改編的《負‧復‧縛》。台灣俞大綱教授早年以她的遭遇為靈感編寫了《王魁負桂英》，裡頭桂英一段唱詞寫得真好：「一抹春風百劫身，菱花空對海揚塵。縱然埋骨成灰燼，難遣人間未了情。」郭小莊雅音小集演這齣戲我看過，表演氣韻領會三分，文學加工認出六分，感動深刻。俞大綱、姚一葦兩位名家的文字，求學時代我都讀過，都喜歡，讀了江青文章才知道她和他們有交往，是老師也是朋友。

我認識的江青是舞蹈家不是電影人了。現代舞我不懂，電影我也不懂，常看，有些喜歡，有些不喜歡，不敢說。那些年江青常來香港，來了總要見面吃飯聊天。我死

板，愛去的飯館歷年不變，她電話一來我一說「老地方」，她應聲大笑。沒辦法，我是舊派人，舊的總是好的，討厭試新。友情老了她願意遷就我這份老脾氣。其實江青也是舊派人，沒有那份舊情趣她這本新文集不會叫《故人故事》：「聽猿明月夜，看柳故年春。」江青囑我寫序，我想起黃山谷十四個字：「桃李春風一杯酒，江湖夜雨十年燈。」《故人故事》上卷十篇叫「友人友事」，寫亦師亦友的故交，是春風一杯酒；下卷八篇叫「影人影事」，寫水銀燈下的同伴，恰巧夜雨十年燈。我愛看這位北宋詩人的詩和字，越老越愛。朱自清市肆見三希堂山谷尺牘愛不忍釋，寫七絕說「詩愛蘇髯書愛黃」。

黃山谷出蘇東坡門下，和東坡齊名，世稱蘇黃。說字，我偏愛東坡。說詩，我偏愛山谷。東坡行書楷書豐腴跌宕，爛漫有趣。山谷一心側險，筆筆奇崛。蘇東坡的詞大好。黃山谷畢竟開創江西詩派，是吟壇高手。張愛玲〈國語本海上花譯後記〉說她常看到一兩句切合自己際遇心情的舊詩，尋常悲歡尋常得失竟然一樣，「簡直就像為我寫的」，感激震動，像流行歌喜歡的調子，老在頭上心上縈迴不已。江青借李清照〈聲聲慢〉編過一齣現代舞，我看了，乍暖還寒，梧桐細雨，《漱玉詞》婉妙意境飄遍舞台，正是黃山谷說的「以故為新，以俗為雅」，得來輕易。有了這一層傳統文學修養，江青這本書寫人寫事到底不負那杯酒也不負那盞燈了。

張愛玲〈談看書〉引法國女歷史學家佩奴德一句話：「事實比虛構的故事有更深沉的戲劇性，向來如此。」張愛玲說那陣子她看的大半是紀錄體的書。紀錄體是紀事錄聞的文字，比如《聊齋》，比如《夜雨秋燈錄》，比如《閱微草堂筆記》。她說「多年不見之後，《聊齋》覺得比較纖巧單薄，不想再看」，反而純粹紀錄見聞的

《閱微草堂》看出許多好處來，裡頭典型十八世紀道德觀也算社會學，也有趣。張愛玲那時候連人種學的書都看，尤其史前白種人在遠東的蹤跡。這份偏愛我意會。文章紀事，神髓立見。沒有事，文章浮泛。要多愁，要善感，詩裡去經營最是恰當。陳世驤教授對張愛玲說：「中國文學的好處在詩，不在小說。」陳教授說的是傳統的詩傳統的小說，正可警戒。中國傳統詩詞造詣非凡，今人要勝過古人不容易。中國傳統小說好的還是有的，技巧沒有現代小說成熟倒是真的。散文隨筆古今一樣，傳世名篇十之八九紀事打底。那是關鍵。

江青有些舊日友朋說她筆下念人憶事多有避諱，許多實事輕易省略。我倒相信那是寫作人的權利。寫什麼不寫什麼牽涉隱私的考量、宅心的濃淡。隱私不宜冒犯。宅心貴在平恕。只要筆下沒有「不實」，行文不妨「不盡」。作者和讀者置身之處從來不一樣，境界也各異，求同倒是奢望了。

江青書裡的人和事有些我熟悉，有些我陌生。我是寫作職業病，在意的是寫得用心不用心，寫得好不好。早年初入編輯一行，一位前輩寄文稿給我，附短簡謙稱文中砂石甚多，殊不滿意，要我細為鑴勘譏彈，洗刷磨礱。還說文章最患不明白，惹人誤會，此其一；文章有可省不省之句，此其二：「希兄為我盡力挑剔」。這位謙遜的前輩其實是借機給我上了寶貴的作文課，幾十年過去從來不忘，奉為圭臬。

江青編舞認真，排練認真，公演認真，專業精神出了名了，寫作儘管不是本行，拿得出去的作品一定是她盡了力的作品：她要面子，也懂分寸。她經歷的往事是她歷練的過程。她結交的師友是她人生的燈燭。七〇年代江青到張大千美國卡邁爾家中作客，午宴之際，一輛大卡車裝滿太湖石運到門口，要價三萬多美金，執意一手交錢一手交貨。大千先生銀根緊，厲色要兒子出去借，「再貴的高利貸都要給我去借來」。

江青寫〈姑娘與大千〉說，張大千那天對她說了一番肺腑之言：「你看，剛剛那車太湖石，你喜歡它，就是真藝術品，就值錢，所以去借高利貸我也不心疼，最多我賣畫去換石，可以說是用真換真，也可以理解成用不實用的東西去換不實用的東西。哎——西施姑娘，你懂我講的這番道理嗎？」

看江青主演的電影《西施》一晃四十多年，真快。和她同代的著名電影人我還認識汪玲，她們拍過的名片我都看了。老片子情調撩人。江青寫胡金銓很好看，還有李翰祥，全是名士派人物，滿肚子學問，揮一揮衣袖揮得出滿地中國傳統文化。那些年在倫敦，金銓和桑簡流一頓飯聊不完，聊到咖啡座上接著聊，我彷彿聽了好幾堂課。李翰祥是古董店常客，一件文玩一個嘆息道盡百代滄桑。前輩儷影黃苗子、郁風，江青也寫得豐厚：整部中國現代痛史揹在身上幾經劫難相逢一笑，晚輩有緣親炙他們蒼老的歌哭情文是啟示更是沐薰。匆匆都不在了。連書中〈夕陽無限好〉裡的高信疆也走了，台北深宵酒後豪情燈前笑語轉眼闌珊：「故人恰似庭中樹，一日秋風一日疏。」

該是八〇年代了，我重訪英倫，跟桑簡流先生茶敘，偶然說起約翰和黛爾，桑先生一臉惆悵，說是約翰五十不到重病亡故，黛爾離開倫敦回蘇格蘭老家，一邊教書一邊修讀神學，還自資編印約翰一冊詩集行世，書名叫《綠林》。我在桑先生家見到那冊詩集，墨綠書皮印白字，扉頁還有約翰生前畫的一幅山野素描，蜿蜿蜒蜒一條長河，漂亮極了。

江青寫的這部《故事》彷彿竟是河上扁舟，蕩蕩漾漾載滿黑白的歲月渺漫的叮嚀。我沒去過江青瑞典的山鄉小島，聽說是世外仙境。

壬辰立冬題《故人故事》

作者江青

焦雄屏

　　在台灣比我與江青相熟的人太多了，比我有資格為她作序的人也太多了。我和她深談的日子屈指可數，可是我又覺得對她很熟悉。小時候當影迷，及長鑽研電影，對她的生活軌跡似乎多少有點認識，但是透過電影她的一顰一笑，她的真實persona，好像這個人似乎是在我們的生活中，一輩子一個相熟的朋友。畢竟她在我生命中很重要的三個領域：電影、舞蹈、媒體都有重疊。我研究電影、製作電影大家都知道，但很少人知道我曾在舞蹈系教過很久的書。在恩師林懷民的邀請下，我在北藝大舞蹈系任教，譯過兩本舞蹈的書，更教過舞蹈史研究的課。在「不看國片」的大學生時代，林懷民的現代舞旋風成為文藝的現代英雄，而七〇年代失蹤的大明星江青，成功地在美國轉跑道為舞者江青，甚至教過林懷民老師，不僅是英雄，這簡直是我的師祖了。

　　所以，我說我和她是有緣的，可是若不是中國近代史的那麼多錯愕，我和她是永遠不會相識的。比我大不了幾歲的江青生在北京，長在上海，在她摯愛的北京舞蹈學校開始了她的舞蹈生命。要不是她外公的歷史反革命問題，她父親在海外疑被栽贓的「間諜」身份，她是不會滯留在她不喜歡的香港。要不是李翰祥、邵逸夫、樂蒂、凌波那麼多複雜的商業競爭，她更不會陰錯陽差隨李翰祥跑到台灣成為國聯片廠的當家花旦。

　　中國近代史的荒謬背在這個十六歲的小姑娘身上，可是台灣像我這樣的觀眾毫無所悉。對我們而言，她們就是那些居於香港的「外省籍」女星，像林黛（也是後來才知道她父親是人大常委程思遠），像樂蒂，或李麗華、尤敏、葉楓。我們津津樂道於《七仙女》的雙胞案，我們追著大導演李翰祥拍的新電影。我們不知道江青來自那個

被我們視為恐怖的朱毛匪幫大陸，不知道她曾在「解放台灣」的口號下，有滋有味地生活過。

我小時候生活單純，所以對有興趣的事物記性特別好，幾乎是過目不忘，看電影、讀電影雜誌，都是一看就記得。記得就有興趣了。那時就讀古亭女中，下課後常故意繞道到泉州街一號去看國聯片廠，可被我看到了李翰祥、朱牧這些報章和電影中才會出現的人物。我並不在門口逗留，只假裝順路經過，不經意地看一眼，終於那天看到了已經紅遍港台及東南亞的江青，她脂粉不施，一頭短髮，穿著一襲風衣，邁著一對舞者專有的外八字腳，虎虎生風地與我擦肩而過。我回頭一直盯著她，直覺地覺得她不像大明星，也覺得她並不快樂。

很多年後，我才知道江青叛逆的個性，追求自我的忠實，使她在台灣吃盡苦頭，從莫名其妙的人生高峰，莫名其妙地跌到人生低谷。在羞辱和悲憤中，她在太平洋彼岸重新站起，回到自己的初愛舞蹈中，昂首開闊出新的天地。

從上海到北京到香港到台灣到加州到紐約再嫁到瑞典，江青的一生夠精采了。在冷戰時期，有誰能夠穿梭兩岸三地之間，見過毛澤東、周恩來、劉少奇、朱德、宋慶齡、宋美齡、蔣介石、蔣經國？在嬉皮保釣年代，有誰能浸沉在多個藝術領域間，和那些文采風流的文人鴻儒大家們（張大千、俞大綱、丁雄泉、三毛、高信疆、柯錫杰、韓湘寧、張北海、於梨華等）酬酢往來？那些影壇仙逝的傳奇，像李翰祥、胡金銓、宋存壽、張冲、張美瑤，個個是她的良師密友，還有到了舞蹈界以後的表演藝術世界大師們，到歐洲及瑞典以後的柏格曼演員們。江青活在傳奇中，她自己更是傳

奇。她的行跡貫穿兩岸三地美洲歐陸，她的相知上溯好幾代、橫跨好幾洲。

　　然而見過她本人，似乎很難把她和傳奇放在一起，她非常樸實，也挺像我們平凡人這樣有明顯的喜怒哀樂。她做的事一點不普通，我信手拈來幾個名銜吧；金馬獎影后，中國第一位現代舞家，七年間拍二十九部電影，香港舞蹈團第一位藝術總監，曾在世界一流劇場表演（古根漢博物館，大都會歌劇院，Old Vic 劇場，瑞典皇家話劇院、維也納人民歌劇院），可是她行為舉止言談卻謙遜地有如少女。而且她坦白直率，即使在台灣和大陸受過傷害，她仍舊真實真誠地不改初衷。

　　我曾於金馬獎及電影年活動上有幸與她認識，因為重疊的朋友多，又加上對她的生平和作品有所了解，一點沒有陌生感。今年（2012）因為合作陳耀成作品《大同：康有為在瑞典》的關係，又有機會在新北市電影節閉幕電影上相談多時。聽她娓娓道來那些我熟悉或認識或不認識的朋友，都覺得家常自然。江青是個好演員，也是很傑出的舞者／編舞家，我覺得原因之一就是她的真誠，她的實在。在她的《往時、往事、往思》中，她的老師笑她「愛哭」、「急性子」，這都是緣於她的情感豐富。而我自己經歷過相似的被背叛，被欺騙、被羞辱的痛苦後，特別能體悟她那不凡的資歷，以及從生活挫折磨難中咬牙悲憤的刻骨銘心。沒有那些華人當代歷史的荒謬，沒有曾經的憂愁和不順遂，江青不見得能那麼成熟蛻化成有為的藝術家。

　　難得她仍在這一切後保持著赤子之心，擁抱世界，接受朋友，迎接愛情。這幾年，她拾起筆，把她的敏感纖細和多情化在字裡行間中。看她寫那些傳奇人物，卻和她自己一樣，有那些平凡而真實的喜怒哀樂。也許是天生的藝術家吧，江青的筆宛如

攝影師的鏡頭，捕捉了那些人物真實的一面。有些人我認識，如高公、胡導演、李導演、美瑤姐，有些人我們覺得高山仰止，如張大千，如俞大綱，如劉賓雁。聽她細數筆耕，都覺得再熟悉不過。傳奇的特寫，就是要如凡人，才顯得有血有肉，可歌可泣。傳奇拉得很高遠，只會凜然不可侵犯。

感謝江青，她明明是傳奇，卻大方地讓我們以特寫方式靠近她，並且透過她的特寫鏡頭，那些高不可攀的傳奇個個都下凡到人間，讓世人有幸一瞥他們的笑語容顏。

就這樣做為作者的江青，就如同做為演員的江青，或者舞者的江青，留下翩篇令人難忘的身影。

友人友事

三毛

1943-1991

曾於台灣、西班牙生活就學，個性細膩敏
感，喜歡遨遊探索世界。七〇年代初，隨
夫婿荷西定居撒哈拉沙漠，新奇的生活和
見聞，激發了她寫作的潛能，以幽默率真
的筆調，在報章雜誌上發表充滿異國情調
的散文，深受讀者喜愛，影響力遍及華人
社群，歷久不衰。後因荷西意外過世，返
台定居，除了專事寫作並在大學任教。
三毛的足跡遍及世界各地，著作、譯作十
分豐富，她以赤子之心描述生死相許的愛
情故事，成為風靡華人世界的著名作家，
並曾參與電影《滾滾紅塵》之編劇工作。

故人故事

1978 年夏天，和比雷爾在里斯本辦
了結婚手續之後到馬德里度蜜月。
（柯錫杰攝）

三毛陪我們度蜜月

　　人過中年，不少親朋好友陸陸續續的說走就走，為了懷念和追憶，醞釀想寫這些故人和故事已有一段時日；但自從比雷爾過世後，想寫的念頭似乎更為強烈了，有些人和事深深地印刻在我的記憶裡，那畢竟與我及我們人生的重要片斷息息相關。回憶和思念永遠是美好的，不會像人一樣，忽然間消逝的無影無蹤，某些人和事仍然以某種形態鮮活地在我的懷想中。

　　一九七八年八月四日，我和比雷爾在葡萄牙首都里斯本的瑞典大使館結婚，證婚人是剛由紐約飛來的柯錫杰和韓湘寧兩位老友。那年秋天，比雷爾應邀到上海生化研究所講學，我們那時已相識近三年，結不結婚其實是無關緊要的。那時我外公、外婆、姨奶奶（外婆的姐姐）三老都還健在，就住在上海，我是在大家庭長大的，對他們和在中國的親友有著魂牽夢縈之情。一旦知道有回中國的可能，就再也按捺不住親情、鄉情的呼喚。可是，當年沒有夫妻名份不能同行，加上文革剛結束，因為我和四人幫之首的江青同名同姓，以致受牽累，無法拿到入境中國的簽證。

　　比雷爾姓Blomback，婚後我得以順理成章的冠夫姓。正式登記結婚後，在紐約中國領事館幫忙辦理簽證的人，在填寫表格時直譯中文用彭貝克夫人稱呼我，這一招果然奏效。

　　七八年夏天，陪同比雷爾在巴黎開完會後，為了和他同去中國，決定

還是辦了結婚手續比較省心、省力、省時。最近距離可以辦手續的地方就是在里斯本的瑞典駐葡萄牙大使館，於是我們從巴黎直奔里斯本。沒想到擔任主婚人的瑞典大使，竟是比雷爾昔日的同窗赫曼（Herman Kling），兩人相見又驚又喜，相擁而抱，把我這個新娘完全撇到一旁。幾分鐘後手續完成，大使請我們喝了許多香檳。

1978 年 8 月 4 日，我和比雷爾在葡萄牙首都里斯本的瑞典大使館結婚，證婚人是柯錫杰和韓湘寧。（柯錫杰攝）

在里斯本海水藍如夢的海濱度過了愉悅的三天，之後我們四人（新娘新郎和兩位證婚人）前往馬德里，主要目的是想去參觀聞名遐邇的Prado Museum（普拉多博物館）。更讓我驚喜不已的是湘寧告訴我：邀請了三毛從她住的西班牙小島飛來陪我們度蜜月，相約在馬德里美術館的廣場上碰面。

三毛本名陳平，我們過去並不相識，但早就熟稔她的文章，那本風靡華文世界的《撒哈拉的故事》，就是用她自己的故事感動了千萬人，也曾經使我廢寢忘食。記得比雷爾那時一頭霧水，納悶地問：「你認識她嗎？」我直點頭說：「嗯，她的文章！」並馬上補了一句：「她是Han（比雷爾一向這麼稱呼湘寧）的好朋友。」

湘寧是台灣赫赫有名的現代「五月畫會」最早的成員之一。二十二歲時經友人介紹，當了當年十八歲的陳平的繪畫老師。三毛在〈我的三位老師〉一文中，這樣描繪她對湘寧的第一印象：「每看小王子這本書，總使我想到湘寧老師，一個不用圍巾的小王子，夏日炎熱的烈陽下，雪白的一身打扮，怎麼也不能再將他潑上任何顏色。」而他則在〈初戀〉中坦承：「相差四歲的師生關係豐富了我那時的生活……一位白皙、美麗而又稍稍不安的極特殊的女子，給予我一次刻骨銘心的初戀。……我帶她見一些臭味相投的『現代』朋友，後來她說：因此她開始寫作。」

清楚記得那是個星期一，博物館休館。當我們站在那裡因為吃了閉門羹而焦急、一籌莫展的當兒，只見廣場遠處一位長髮烏亮、長裙曳地的「吉普賽」女郎閃亮出場，像一陣風般翩然而至，帶著一抹燦然的微笑，真是千嬌百媚。

我還沒緩過神來，她也不等人介紹，就道聲「恭喜！」完全把我當作舊相識那樣，一把將我抱得緊緊的，然後大家笑作一堆，摟成一團。她說她小時候在銀幕上就認識我了，又如數家珍似的說出她在學生時期看過我

所主演的那些片子。

這是我們第一次到馬德里，進不了博物館，當個普通觀光客作逍遙遊也不錯。反正我們有世界上最可愛、最美麗、最善解人意的「導遊」——三毛，又有最具童心、最佳攝影——老柯（柯錫杰），和最瀟灑、最才氣橫溢的畫家韓公子（韓湘寧）作伴。

我和比雷爾的蜜月就在這眾多「最」的烘托陪伴下，陶「醉」繾綣！大概只能用「不亦快哉」來形容吧！

三毛熱情灑脫卻又極其敏感。一起閒聊時，她常提起荷西以及小倆口浪漫的異國生活。我隱約知道湘寧和她「曾經擁有」過，以為目前兩人從兩個極端的「遠方」到馬德里相會，無非是緬懷當年青梅竹馬時唱過的那支動聽的歌：「記得當時年紀小，我愛談天，你愛笑……」不料，兩天後三毛找了個機會跟我悄悄地「談心」：「怎麼辦？我得消失一下，或許我該回家，但我太喜歡你和比雷爾了，還有很多有意思的地方還沒帶你們去參觀、去玩呢！」

原來這是場美麗的誤會。湘寧剛離婚，他希望「當我在

1978 年夏，我們和三毛相約在馬德里美術館的廣場上碰面。（韓湘寧攝）

婚姻失敗的創痛期間，去尋求『初戀』的慰籍。」而三毛則完全出於對當年「小王子」純粹的關愛，藉著陪我們度蜜月，好讓湘寧散心療傷。況且她把此行向荷西交代的一清二楚，也非常感激荷西的寬容和體貼入微。「湘寧太好了，我不想傷害他，也不想失去這個好朋友。是不是我表錯情啦？他完全誤解了我，你能瞭解我的處境嗎？!」她百般無奈的向我傾訴，那楚楚可憐的模樣，至今仍歷歷在目。

這是我一直不想開啟的一道祕密閘門，也是我每次和湘寧見面談到三毛時，隱隱的一塊心病。三毛並沒有要求我作守密的承諾，但她是多麼「用心良苦」，怕傷害到她心愛的「小王子」啊！老友湘寧那份高不可企的自尊，我又有什麼資格和理由道出「美麗的誤會」，去搗壞他心中珍藏著的「初戀」，而碰傷、擦痛他呢？

和比雷爾在葡萄牙新婚。
（柯錫杰攝）。

近來看到三毛在一九八五年寫的文章，更加體會到多愁善感又善良的三毛，那時的為難之處。她寫道：「韓湘寧老師把人向外引，推動著我去接觸一個廣泛的藝術層面，也帶給了人活潑又生動的日子。他明朗又偶爾情緒化的反應，使我直覺得活著是那麼的快樂又單純。拿天氣來說，是一種微風五月的早晨，透著明快的涼意。湘寧老師對我的影響很深。他使我看見快樂，使我將心中的歡樂能夠因此傳染給其他的人。」

　　和我「談心」後的第二天，三毛向大家道別；湘寧無家可歸，想當個流浪者繼續浪跡遠方；而老柯則被蔚藍的地中海給迷住了，決定一個人大展身手去拍照。

　　其實三毛並沒有離去，她決定留下來陪我們繼續度蜜月，大概想將她心中的歡樂傳染給我們吧！白天大夥一起去看鬥牛，晚上則擠在酒吧間欣賞地道的佛朗明哥舞。這種歷史悠久的民間舞蹈，節奏感強烈又富變化，舞蹈語彙極其豐富，融合高貴、傲慢、性感、激情於一爐，看得我心花怒放。記得三毛打扮得近乎西班牙舞者的模樣，一襲色彩濃艷浪漫長裙，裹著一條大披肩，隨著音樂搖擺扭動手舞足蹈，煞是美妙無比。西班牙的小吃Tapas是我的最愛，反正只是開味小菜不易飽，我們便緊跟在識途老馬三毛後面，悠哉遊哉的整個晚上從這家吃到那家。老的小飯館都很有情趣，味道濃濃的，配上本地葡萄酒，不知不覺夜已經很深了，一行人才心滿意足地打道回府。最後那天我們還去逛了露天跳蚤市場，尋尋覓覓東瞧西望的，很有趣。

　　三毛這位嬌小玲瓏的東方女子，一口流利的西班牙語，一身吉普賽女郎的裝扮，引來不少注目禮。比雷爾興致很高，看上了一頂有地方特色的皮製牛仔帽，但找不到他要的尺寸，換了幾處試戴還是不行，不無遺憾的只好放棄了。

　　和三毛告別時，我們都依依不捨，說好她和荷西下次到我們瑞典的猞

狒島上再相會，比雷爾還說他要跟荷西一起出海捕魚。

回瑞典幾週後，接到郵局包裹通知單，領回後回家打開，一頂牛仔帽赫然在前，比雷爾又驚又喜，馬上戴上，正合適，真漂亮。卡片上寫著是按照他的尺寸去訂製的，送給我們作蜜月紀念！面對這似由天而降的禮物，一陣莫名感動、一種幸福感，使我和比雷爾緊緊地摟在一起。

比雷爾在二〇〇八年秋天走後，我必須出示各種文件，翻箱倒櫃的找我們的結婚證書。看到證婚人那欄上柯錫杰、韓湘寧的簽名時，馬上憶起了三毛，以及那段她陪著我們一塊度蜜月的甜美時光，也想到該去探望一下久違了的兩位摯友，更確切地說，是為了自己的需求想要舊夢重溫。

1980 年我在紐約韓湘寧的婚宴上。

二〇一〇年春，我萬里迢迢到台北看望老朋友，給柯錫杰打了電話，他接聽時高呼一聲：「啊～仙女下凡啦！」緊接著下一句便問：「比雷爾怎麼樣，他好嗎？」我在電話那頭泣不成聲。第二天晚上，我、老柯和潔兮在一起緬懷了許多往事。

秋天時，我又飛到雲南大理看湘寧夫婦，他新婚燕爾，可賀可喜。久聞他在洱海邊設計了一座美輪美奐的新居，也可作為展覽和藝術活動的空間，名字取得別出心裁：「而居‧當代美術館」，果然格局和風景都美不勝收。以前因為創作，需要實地「采風」，我去過雲南多次，角角落落差不多全跑遍了，所以沒去之前就言明在先，這次是「純訪友」，不觀光旅遊。

湘寧和他聰明、年輕又漂亮的太太楊露，熱情的接待我，使我備感溫

暖也心存感激。回想當年時，談到證婚、蜜月，情不自禁地想起那位已逝的天使，好幾次我幾乎要將祕密的閘門開啟，尤其是夜晚面壁爐而坐時，但話到嘴邊又給吞了回去，不忍心講起這段溫馨的「美麗的誤會」，生怕傷害到眼前的老友——湘寧。

這篇文章起了個頭已經幾個月了，卻一直無法往下寫，一想到「祕密的閘門能開啟嗎？」就使我躊躇不前。幾次都想遮遮掩掩繞道而行，結果都是此路不通，怎麼辦？！

前些天，看見湘寧在網路的電話線上，於是撥通了。他有寫博客的習慣，而且圖文並茂，我告訴他計畫寫「故人故事」，其中會寫三毛，問他有沒有保留我們在馬德里度蜜月時的照片。他說他肯定拍了，但要等下次回紐約時再找找看。他推薦我看二○○五年在博客上寫的〈初戀〉，第二天，他又用電郵發來了三毛一九八五年寫的〈我的三位老師〉。讀後，我也

三毛熱情灑脫才華洋溢，但又極其敏感。（韓湘寧攝影‧作品）

就釋然了。好像「隱隱的心病」忽然痊癒了，那就將祕密的閘門開啟吧！湘寧在〈初戀〉一文中這樣表達：「馬德里的見面，讓我自信而樂觀地活著……她將心中的歡樂傳還給我了，而她呢？」

將此文獻給天使三毛，謝謝你陪我和比雷爾度過了一段難以忘懷的幸福時光！

2011年7月5日

董 亞麟

1951-1994

生於紐約。六歲時開始學習音樂，熟習
鋼琴、小提琴、打擊樂、聲樂……有作
曲和演奏的經驗。十八歲接受嚴格的古
典芭蕾、現代舞訓練，1970年加入Stuart
Hodes 團隊，隨後赴比利時就讀於舞蹈大
師Maurice Béjart的藝術學校Mudra。畢業
後參加貝俠二十世紀芭蕾舞團（Béjart's
Ballet of the 20th Century），1976年擔任
Mudra藝校總監，經常在世界各地為其他
舞團編舞授課。1979年加入江青舞蹈團，
擔任副團長、編導、舞者，並在世界各地
巡迴演出。1983年在紐約聖約翰大教堂
（Cathedral of St. John the Divine）組織藝
團擔任總監，演出活動頻繁。

故人故事

董亞麟在舞團的四年,是「江青舞蹈團」最活躍的時期,他除了負責行政工作之外,也參與編排和演出。圖為1979年亞麟與我們演出我編舞的《詮釋》。(柯錫杰攝)

追念舞伴董亞麟

給董亞麟

如今，你的舌頭沉默了
你，會說那麼多
唱出任何聲音
音聲發自內心。

你收集了世界的苦痛
注入你的血液。
天使在痛苦中墜下，
宿命的城市和百姓；
受難和消亡
種族和古文化遺跡；
在地球上被吞噬———
群象在哭泣
和圓滾的小海豹們。

用你舞動的手
和狼的呼嚎
呼應並重新迴盪在四方
你派給了彩帶

如光的波瀾
七彩霞光飛翔
在絲質的翅膀上
飄浮在蒼穹間
上升再上升直升到天上
一圈接一圈無垠的擴大
沸沸揚揚舞動的彩帶
在將要遠行的船上
作最後的告別。

直至駛入那———
那圈天堂樂土永恆的愛。

寧靜與你同在
亞麟，
寧靜，
也會與我們同在。

1995年1月 Tamir

這是一九九五年一月二十八日在紐約聖約翰大教堂（Cathedral of St. John the Divine）舉行董亞麟追悼會時，友人Tamir獻給他的一首詩（For Allan Tung），這首詩是紀念亞麟為自己的追悼會預先編排好了的舞蹈——《舞蹈時刻》。雖然十六年過去了，我對追悼會中的每個細節，尤其是場景仍然無法忘懷。今天在試譯這首英文詩時，那天的畫面歷歷在目，仍然留存在記憶中。

　　追悼會的流程單「舞蹈時刻」寫明：亞麟的禮物——絲綢彩帶，將分發給每一位親友。請加入盤旋的行列中，依照舞者的指示舞蹈。程序進入「舞蹈時刻」時，六位舞者將大包的七彩絲帶取出，派發給教堂中參加追悼會的數百位親友。在「冥想的祈禱」的波斯旋律樂聲中，所有來賓走上教堂的舞台，在舞者的帶領和指示下，舞蹈隊伍有條不紊的呈螺旋形盤繞、流動；七彩如虹的絲帶在飛舞、飄揚。我太熟識這些絲帶了，這是我們一九八〇年一起在中國巡演，餘暇時逛絲綢店買的，淚水就像打開的閘門，邊流淌邊舞蹈。我在人群中設法尋找亞麟的父母，到底是白髮人送黑髮人啊！又只剩下這麼一個兒子，他們比我想像中要堅強得多，也加入舞蹈行列，含淚舞動著絲帶。

　　接下來，是追悼會的最後一章「告別時刻」。舞者搖著小鈴鐺，配合大教堂深沉宏亮的鐘響，加上管風琴的樂音，祥和而莊嚴，祈禱聲與宗教

IN MEMORY OF ALLAN TUNG
SATURDAY, JANUARY 28   CATHEDRAL OF ST. JOHN THE DIVINE

A TIME TO GATHER

PRELUDE   Symphony #4, First Movement (Von Karajan/Berlin Phil)   *Brahms*

ORGAN PRELUDE   Dorothy Papadakos

SOUNDING THE SHOFAR

JEWISH PRAYER   Tamir

> Temple of the King, Royal City, rise and leave chaos
> Enough of sitting in the valley of tears
> For God will be merciful to you

THE PROCESSION

INVOCATION DANCE   Members of Omega Liturgical Dance Company
                   and Omega West Dance Company

> O Hidden Life vibrant in every atom;
> O Hidden Light! Shining in every creature;
> O Hidden Love! Embracing all in Oneness;
> May each one who feel as one with Thee;
> Know that they are also one with every other
>   - *Annie Besant*
> And we are one with you, Allan.

BUDDHIST PRAYER with Tibetan Incense

整個追悼會的安排，都是亞麟在生命
的最後一個階段，自己冷靜安排並仔
細交代的。圖為追悼會的流程單首頁。

故人故事

1980 年，在北京舞院舞台上演
出賀茲先生所編的《祈禱》。
（沈今聲攝）

感把氣氛推向了高潮，「上升再上升直升到天上」。

　　追悼會後，趨前慰問亞麟的父母，請二老節哀。交談時，才知道整個追悼會的安排，無論地點、程序、音樂、誦經、祈禱的內容等等細節，都是亞麟在他生命的最後一個階段，自己冷靜安排並仔細交代的。他的父母為這個兒子驕傲，那麼年輕，面對死亡卻如此淡定從容，思慮得如此周密，那是何等的功力！我們用上海話交談，他父母口口聲聲：「阿啦亞麟了不起！」並說追悼會給了他們莫大的安慰！我不得不慨嘆：把自己的後事安排得就像他在「江青舞蹈團」擔任副團長時，負責籌劃演出一模一樣，不管籌備時如何忙亂，上台的時候總是能平心靜氣、按部就班的完成演出。

　　我和亞麟是七七年認識的，「紐約大學」舞蹈表演系主任、也是著名舞蹈家賀茲先生（Stuart Hodes）熱心的約我在SoHo咖啡店見面，說要給我介紹一位很特殊的朋友，也許我們可以合作，並且告訴我他是在美國生長的華人。我對美籍華裔沒有偏見，但因和我在中國成長的經驗及背景相去甚遠，一向很少有共同的話題，但沒想到那天第一次見面，我們竟談了許久。我們對彼此的情況都一無所知，所以從專業背景開始聊起。他已念完美國醫學院預科，因為父母、姊姊都是醫生，不想再步其後塵，就報名和平工作隊到海外服務了兩年。學生時代既彈鋼琴又學舞蹈的亞麟，很想走藝術道路，但還沒決定該往哪個領域走。

　　結果，貝俠二十世紀芭蕾舞團（Béjart's Ballet of the 20th Century）招聘學員，他被該團藝術指導、著名法國編舞家貝俠先生（Maurice Béjart）相中，順理成章的走了舞蹈這條路。畢業後加入舞團不久，貝俠先生發現他有組織和行政長才，於是將他調去當舞團附屬的藝術學校（Mudra）校長，雖然職位很高，幾年下來也頗有建樹，但這畢竟不是他的初衷。因此，他想趁年輕再跳幾年舞，也可以搞舞蹈創作。於是趁到紐約之便想探

▲ 1979年，演出董亞麟編舞、描述早期中國移民到美國西部開墾的《鑄路》，左為董亞麟，後為江青，以及江青舞蹈團團員。（Jonathan 攝）

▼ 1980年，董亞麟演出自己編排的獨舞《劍士》。

試一下可能性。

　　賀茲先生是我敬重的前輩，七二年，也是他邀我在紐約大學作演出，第一位把我正式介紹給紐約舞蹈界的伯樂，他舉薦的人，我當然百分之百放心，況且，我需要一位旗鼓相當的男舞伴；加上他有組織和行政才能，這也是我的舞團最弱的一個環節。往後幾天我們又見了幾次面，他的談吐永遠溫文儒雅，但思路條理卻一清二楚，不像我完全是跳躍式的。詳談了分工合作的方式和對舞團前途的展望後，他決定上「船」，舵仍然歸我掌，他任副團長，主要負責行政工作。

　　亞麟在舞團的四年中，是「江青舞蹈團」最活躍的時期，他引進了新團員，我們倆先表演了賀茲先生編排的雙人舞《祈禱》，他一鼓作氣的編排了表現早期中國移民到美國西部開墾的《鑄路》，還有男子三人舞《諧謔曲》（Scherzo）、男女雙人舞《劍蘭》（Iris）、男子獨舞《劍

1980 年，在北京舞院演出之後，與我
的同班同學以及老師留影。（陳倫攝）

士》……，也在我編排的男女雙人舞《雪梅》、《……之間》及組舞《銓釋》中擔當舞者。我們都感到彼此是互補互助的合作夥伴：他編舞幾乎都由音樂結構出發，十分嚴謹；我則喜歡比較有哲理性、隱喻性的題材。他的英語、法語都很強，德文也可應對，但中文卻一竅不通；我的中文尚可表達，正好互補。我們這對搭檔使舞團的演出風格有了新的視野，在中國和歐美各地的巡迴演出節目單，以及現場工作時的語言溝通，基本上都能通行無阻。

一九八〇年，我們一起在中國幾個大城市做「現代舞演出作品介紹」，中國舞蹈家協會是主辦單位之一，因此給全國舞蹈界發出了通知。為了使大家對現代舞有較全面的鳥瞰，我們精心選擇，並邀請可以代表美國不同流派的現代舞蹈家，為我們編排了十支獨舞及雙人舞作演出節目；並彙集各種舞蹈演出的錄像資料，取得授權以便放映；夜以繼日地備課：

攝於北京舞蹈學院研討會上。右起：
陳錦清院長、江青、董亞麟和翻譯。
（陳倫攝）

基訓、即興、編舞都在教學課程中。第一次較有系統的在中國介紹現代舞，我們深感責任重大，半年下來，除了滿腔的熱情和理想，體力、精力、時間和財力都為此行耗盡了。北京的首演是在我的母校「北京舞蹈學院」禮堂中，也是我五七年第一次上台表演的場地，我的興奮、緊張可想而知；這是亞麟生平頭一回到中國，難以按奈的好奇和激動心情。

　　演出時禮堂內擠得水洩不通，走廊裡、窗台上都站滿、堆滿了人；演出後的討論會發言、提問也都空前的踴躍。因為文革後，大家都如飢似渴的想知道外面的舞蹈世界；亞麟有教學經驗，講課循序漸進，即使需要翻譯也場場爆滿。那次中國之行，充滿了滿足和成就感，我們都滿載而歸，不僅從工作到私交都更貼近了。

　　八二年，我任香港舞蹈團第一任總監，雖然「江青舞蹈團」仍然在紐約存在，但我的精力、時間和重心大多放在香港。亞麟感到他也應當自謀出路，回到他年輕時就喜歡的社會服務和慈善工作。沒多久，便在紐約聖約翰大教堂組織了一個表演團隊，擔任藝術總監。亞麟並無宗教信仰，但他把各種宗教的博愛精神藉演出傳遞了出來，也幫助了一群失落的年輕人。

　　八九年春天，我邀請亞麟來看我在紐約古根漢博物館的舞蹈劇場《聲聲慢變奏──取李清照詞意》首演，演出後他到後台道

1980 年，北京演出之後我們一塊遊長城。

賀，我發現他在室內穿了厚實的羽絨衣，就順口說了一句：你不熱嗎？他淺淺一笑說：「近來有點怕冷。」我摸了摸他的手的確冰涼，叮嚀他要注意身體。

演出告一段落後，接到亞麟的電話，邀我去他家吃早午飯。去後發現一切都很隆重：漿燙好的桌布、餐巾；講究的杯碗刀叉；冰鎮的名牌法國香檳……，心中不免有些納悶，不一會兒他的男友出現，亞麟大方地做了介紹，我也就釋然了。我非常享受他朋友端上來的一道道佳餚，三人吃完後，亞麟和我獨處一室，他溫柔的摟著我，輕輕的告訴了我一個晴天霹靂的消息：他得了愛滋病，所以發冷！聽後我渾身發麻，冷得直打顫，半晌說不出話來，過了好一陣才泣不成聲。然而亞麟告訴我，他一直不忍心將這個壞消息告訴我，怕影響我在重要演出前的情緒，但他想讓我知道，我對他這一生的影響，從做人處事到藝術創作有多麼地重要……。我們從早上聊到黃昏，我也破涕為笑，回憶起許多在一起相處的難忘時光。最後他笑著告訴我：壞事也會變成好事！聽他細細道來才明白：他父母以前完全不能接受他是同性戀，尤其是在中國人圈子中，更是隻字不提，始終認為是奇恥大辱。然而，他的男友不離不棄、悉心照顧他這麼久，對亞麟的父母也很孝順。這才發現原來同性之間也可以像夫妻那般恩愛，現在父母愛他的伴侶就像親生兒子一般。他一直要我寬心，相信他的病可以在大家的關愛和祝福下得救。

以後的幾年，若我人在紐約定會前去探望他，基本上保持電話聯繫，他進進出出醫院，很難知曉確實的狀況，沒想到最後的結局竟是如此！

亞麟在自己的追悼會中安排了七個章節：「聚集時刻」、「悼念時刻」、「發言時刻」、「祈禱時刻」、「共享時刻」、「舞蹈時刻」、「告別時刻」，其中有猶太教、藏傳佛教、天主教、美國印地安人崇尚自然的各種祈禱詞。試譯亞麟寫的「共享時刻」這一章的詩：

朋友們，請來共享，

主宰和平的使者近了。

我可以給你任何有價值的東西嗎？

我只想給你我的所有，

然而我知道，真正的朋友原是一體。

　　手中還保留了一九八〇年「現代舞演出作品介紹」節目單。其中，雙人舞《劍蘭》，董亞麟編舞，他所寫的作品介紹：「海塞在他的短篇小說〈劍蘭〉中曾說：『世界上一切現象都是寓言，每個寓言都是一扇大開的門，我們的真我可以進入世界的內層，在這內層中你、我，日、夜俱為一體。』這支舞蹈描寫一個年輕人對於理想世界的追求。」看著《劍蘭》的劇照，我們多麼年輕啊！是的，那些年，我們曾經一同追求過──

　　亞麟，歸去來兮，七彩絲帶將永遠伴隨著我，直至看到天際無盡的彩虹！

2011年8月5日

我與亞麟演出雙人舞《劍蘭》。

丁雄泉

1928-2010

自幼在街頭習畫，以素人畫家自居。曾
短暫的在上海美術學校就讀，1946年移
居香港，十九歲時獨闖巴黎、紐約，展
開艱苦的藝術創作生涯，並在此時萌發
了獨特的藝術思想，畫作大都以豪放的
筆觸、鮮艷的膠彩呈現。

七〇年代開始，以具象人物和自然為主
題，逐漸形成今日大家所熟悉的獨特風
格，喜歡以裸女、花草為主題，色彩繽
紛絢麗，常以「採花大盜」落款。

故人故事

充滿陽光、鮮花、笑語的「汪洋大盜」，人們常被他那強大的生命力和巨大的能量所吸引。圖為七〇年代的丁雄泉與其畫作。（龍門雅集 Longmen Art Projects 提供）

在你的玫瑰園安息吧！

在你的玫瑰園安息吧！

——懷念好友丁雄泉

我的老朋友又走了一位，近年來很多朋友都相繼逝去；朱牧、宋存壽、高信疆、方盈、陳鴻烈、張冲……我時常懷想當年和他們在一起的時光。之前我特意到北京、上海、台灣和香港轉一圈，目的無非是想見見老朋友們。

二〇〇八年，丁雄泉的女兒 Mia告訴我：「爸爸病後能活那麼久，連醫生都認為是奇蹟！」我一直以為奇蹟會再在奇人身上發生，沒想到——和老丁認識近四十年了，這位充滿陽光、充滿鮮花、充滿笑語的「汪洋大盜」！一想到他，腦海中乍然浮現的是他一身花——渾身上下都沾滿了五色繽紛的油彩，握著「彩虹」筆，畫出萬紫千紅的模樣。

平日，他說的是無錫口音的上海話，想起二〇〇二年他剛剛由長期的「睡眠」中醒來，我喜出望外，給他在阿姆斯特丹的家打電話。他的女友告訴我：「Walasse醒了，但沒有語言能力。」我要求他自己聽電話，就用我們之間平時講的「儂哪能」上海話單方面和他聊天。之後，他女友告訴我：「你講話時Walasse 臉上有反應，好像蠻開心，你能經常給他打電話嗎？」難道鄉音能喚醒他的記憶？但是好景不長。

七〇年代初期，我在加州柏克萊大學教舞蹈，但經常到美國東部演出，結識了許多住在紐約的畫家，老丁在西二十五街一〇〇號的畫室是我愛去的地方。他的赤裸真性情，他的率真無邪，他擺脫社會規範和社會標

準的言行，他無拘無束豪邁的畫風，潑辣大膽狂妄的用色、構圖，他用語
單純、詼諧，而「胡言亂語」中又充滿智慧的詩詞，都讓我為之傾倒，也
被他強大的生命力和巨大的能量所吸引。

七〇年代，丁雄泉在
紐約的畫室是我愛去
的地方。（丁雄泉攝）

記得我們有一次在鴻鷹晚飯，他和老闆是「老友記」，飯吃的高興了還會送他畫。那天他興致很高，一口氣叫了十八個菜，我怎麼都無法攔阻。他在滿桌的小菜前講了個大道理：「我當年在巴黎給人洗車討生活，每月拿到微薄的薪金後，卻花用百分之九十九的薪水過一天，那天我儼然是最富足的太上皇；其餘的二十九天，我花用只剩百分之一的薪水，天天啃麵包。那般不顧一切的豪擲，為得就是不要當個平庸的人。想想看，有三十塊錢，每天花一塊，過的是不上不下不生不死的日子，那就不必當畫家了。當藝術家最忌平庸，每天千篇一律，平淡無奇，哪有激情？哪能創作？」這番提示彷彿醍醐灌頂，使我「耿耿於懷」，受益匪淺。

　　我可是看到過他和人吵架的場面。人是我朋友，場是我家，我已記不得是為什麼請客，家裡來了那麼多客人，唯一記得的是等我拿菜出來，「壞來西」（上海話Walasse）已和我的女友針鋒相對，你一言她一語地頂撞起來，他倆都是固執之人，旗鼓相當，無人可勸解，於是從上海話到英語、普通話、法語，相互奉陪到底。

　　結果他說好男不跟女鬥，這卻火上加油，激起了她的女權意識。來客都津津有味地看著這場唇舌大戰，不亦樂乎。難忘的是，第二天老丁來電請她吃飯並邀我作陪，席間他細緻又婉約地陪了他的「不是」，覥覷之中更見柔蜜。

　　一九八八年，聽說他在阿姆斯特丹的家被人放火，差點被燒死，損失慘重，許多畫作付之一炬。我特地飛去看他時，家仍在修復中。他依然如故，豪情不減，和女友一起到他喜歡的飯店好吃好喝，那天我們喝了不少粉紅香檳，酒後在林蔭道上賞花看樹時，他一直興致勃勃地讚美花紅柳綠五彩繽紛，完全沒有一句感傷的話語。使我不禁想起二十多年前，在我情緒低落時，他寫了首詩寄給我：

▲五〇年代的丁雄泉。（Mia 丁提
　供）
▼1979 年丁雄泉在上海家門口。
　（Mia 丁提供）

在你的玫瑰園安息吧！

心裡有一座大山
今天早晨霧來了
那我就嘆一口氣吧
把山推更遠一點

多麼簡單意象的語言，我將它貼在書桌前，隨時提醒自己對人生要採取豁達樂觀的心態。

這就是他面對人生逆境的態度，我的擔心完全是多餘的。

最後一次見到老丁是二○○一年，他的畫展在「香港藝倡畫廊」開幕，適逢我在香港，畫廊主人董建平邀約了我，老丁看到我頗感驚喜。開幕後主人請了一桌客人，大多數是收藏他畫的人，記得在豐盛的晚宴上，他竟一句應酬客套話都沒有，一直講如果展覽廳大幾倍就能如何如何。我有點替建平叫屈，故意把話題引開，不料老丁仍滔滔不絕，直到建平淚水在眼中打轉。萬萬沒有想到那次竟是最後的相聚。

今年五月在香港和建平喝下午茶，兩個人談的都是這位剛逝去的老朋友，欷歔不已！談到Walasse的我行我素，建平沒有一絲一毫責怪，反而感慨萬千地說：「我就是欣賞他，唉！」

二○○六年，我在構思歌劇《茶》時，第二幕有茶浴的一段純演奏音樂，譚盾寫得無邪而性感，奇妙的是我在聽時，馬上憶起了老丁，這位表裡一致做人做事毫不做作的藝術家。

七○年代初期，他贈我一本詩集畫冊，其中有三十多幅黑白水墨動物交歡圖，我翻開一看立刻就捧腹大笑，太奇妙、太精彩，想像力太豐富了；稚氣可掬天真爛漫的同時，又具有用筆純熟和一氣呵成的磅礴氣勢。想到老朋友現在已成植物人，我心中不免酸楚。我在舞台上運用了他的這組畫，在瑞典演出時將畫掃描，印在白色綢旗上；北京演出時更加在原基

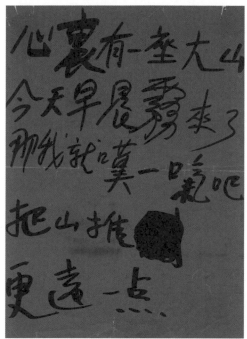

▶在我情緒低落時，丁雄泉寫了這首詩
　給我，我將它貼在書桌前，隨時提醒
　自己對人生要採取豁達樂觀的心態。
▼丁雄泉看了我的舞蹈後寫給我的信。

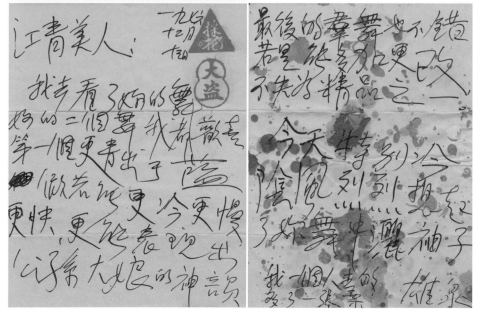

礎上加添了水墨動畫形式投在底幕上，使演出生色不少，也表達了對朋友的一番思念。

　　近來時常翻看他的畫冊，讀他有意思的詩文，愈發感到他的「不同凡響」。試譯他的詩兩首，聊作紀念吧！

怕
站起來
造個洞
在天上
躺在內

怕
踢下腿
山低頭
水讓路

將搗碎的彩虹
化作千萬朵粉紅的玫瑰

安息吧！採花大盜，在花叢間，在你的玫瑰園中。

2010年6月3日

◄瑞典皇家音樂廳演出歌劇《茶》,第
　二幕,日本王子(傅海靜飾)和唐朝
　公主(Nancy Lundy 飾)蕩漾在愛河之
　中;綢旗上是丁雄泉的動物交歡組畫。
　(Jan-Olav Wedin 攝)
▼丁雄泉的黑白水墨動物交歡圖,稚氣可
　掬天真爛漫,用筆純熟,還有一股一氣
　呵成的磅礴氣勢。

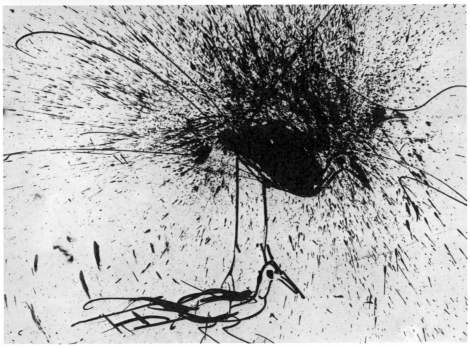

在你的玫瑰園安息吧!

俞大綱

1908-1977

中國戲曲專家，也是台灣京劇現代化的推
動者。俞大綱先生就讀上海光華大學時，
曾受徐志摩影響開始創作現代詩，畢業後
就讀燕京大學研究院，師事陳寅恪。
1949年來台，任教於台灣大學中文系，之
後應邀創設中國文化學院戲劇系，並擔任
中國戲劇組主任；六、七〇年代，與姚一
葦等人致力推動台灣劇場教育。他為人謙
和，喜歡與年輕人接觸，培養了許多學生
和早期的藝術工作者；林懷民、施叔青、
奚淞、蔣勳、郭小莊等人都是俞大綱老師
當年提攜的學生。

故人故事

俞大綱在兄姐八人中，排行最幼。大陸變色後，只有俞大維、俞大綵和俞大綱三人，生活在自由的土地上。圖為俞大綱於五〇年代在台北溫州街台大校長宿舍和大哥大維（右）、三姐大綵合影。牆上畫像為大綵先夫、前台大校長傅斯年的畫像。（林博文提供）

感懷良師益友俞大綱教授

一九八九年，在闊別台灣十九年之後又回到了台北，在國家劇院作獨舞演出，但最令我遺憾的是：無法邀請俞大綱老師坐在觀眾席上。他是我舞蹈藝術生涯中最重要的「知己」，當時心想如果只有他一位觀眾在場，對我，於願已足矣！我一直十分懊悔，沒能在他有生之年前去探望這位慈祥和藹的良師益友，並向他展示自己離開電影圈後，在舞蹈藝術上的成長，聽他指點，向他討教。一九七七年五月二日俞老師因心臟病發，走的如此突然、匆忙！

八九年，到台北後驚喜的發現俞大維先生這位知識淵博且慈懷的長者依然健在，連忙到家中探望，和他談到么弟大綱先生的去世，默默相對無言唏噓不已！當年我離婚，離開鏡頭，離開台灣，俞大綱先生託了時任國防部長的大哥、我的舊識俞大維先生擔保「無共黨匪諜嫌疑」，才得以順利拿到出境簽證離開台灣。

六三年，我十七歲，演完香港國聯公司的創業作、李翰祥先生執導的黃梅調影片《七仙女》，沒多久就結識了俞大綱先生。因為我在影片中既是主演又任編舞，一生專注於中國傳統戲曲和詩詞研究的俞大綱教授，很想瞭解我在中國大陸接受藝術教育的經驗。

在他金山街的家中、在館前路四十號他掛名董事長的「怡太旅行社」文藝沙龍中，我先後結識了戲劇家姚一葦教授和剛剛出道的胡耀恆、陳耀

坼，戲曲界的徐露、郭小莊，以及國外來訪的舞蹈家黃忠良、王仁璐等人。我雖然那時在當電影「明星」，但對自己的老本行舞蹈還是念念不忘，就在俞大綱老師的召集和推動之下，當時在他周圍的幾位音樂、舞蹈界朋友：劉鳳學、許常惠、史惟亮和我，一起成立了「音樂、舞蹈研究小組」。在俞老師主持的會議上，同行們聚在一起交換經驗，總是氣氛熱

六〇年代，在台北金山街俞老師家中作客。

烈，暢所欲言。談得多想的就多了，結果我舞興大作，感到當時台灣的中國舞蹈仍是一片沙漠，自告奮勇的在俞老師推薦下，到中國文化學院舞蹈系授課教中國舞。基於當時台灣仍處於戒嚴時期，對大陸一切甚為敏感，我怕惹上「為匪宣傳」的嫌疑，不敢暴露我在北京舞蹈學校習舞的背景；加上當時拍片日程太緊，要保證每週上兩節課，幾乎是不可能的任務，堅持了一個學期，只好不無遺憾地作罷。

往事依稀，俞大綱老師博學謙恭，真誠無私，對於藝術的認知和發掘、努力和盡心，為台灣的文化加油添火，直到今日都還在台灣藝文界中產生深遠的影響。雲門舞集林懷民就曾對我說：「是俞大綱老師帶我認識了中國文化的。」

那時，國聯公司一口氣買下了瓊瑤四、五部作品的版權，準備攝製。其中同名電影《幾度夕陽紅》以及〈迴旋〉改編成的電影《窗裡窗外》 由

1967 年，俞大綱老師（中）在怡太旅行社主持文藝研討會，我與音樂、舞蹈同行們一起交換經驗，左二為許常惠，右四為江青。（許常惠提供）

故人故事

我主演。在這之前就在俞老師家中見過瓊瑤幾次，俞老師很疼惜她一個人艱辛地帶著孩子還堅持創作，也欣賞她過人的毅力和善良的本性，所以特意安排我們結識，希望我們交往。接觸下來，我感到瓊瑤姐在作品上「文如其人」，在生活中「見義勇為」，是位具有真性情、待人接物極其真誠的人。交友貴「真」，除此之外，夫復何求？至今，我們雖遠隔重洋，但一見面便可以促膝談「心」。

俞大綱老師作為年輕人的精神導師，力行身教和言教，他極有親和力，常和年輕人打成一片，在閒談中談文論藝，也在生活中教導做人處事的道理。

一九六六年，正值影劇事業高峰，我突然閃電結婚，社會輿論一片嘩然，諸多長輩和同行不便或並不看好，大都沒來參加在國賓飯店補辦的喜宴，而俞大綱老師伉儷卻充當我的家長，給了我得以依靠的臂膀。七〇年的離婚，新聞更加轟動，搞得滿城風雨，除了父母幾乎能躲的人都躲了，此時可信賴、可依託的還是俞大綱老師。除了他關懷備至的勸導，還有俞師母（鄧敬行女士）、傅媽媽（傅斯年的夫人，也是俞大綱老師的姊姊俞大綵）、周曼華、胡蝶阿姨，都對我有愛莫能助之感，她們陪著我在方城之戰中麻痺自己，「戰場」多半在俞老師家，他家有位跟隨多年的貼心阿姨，對外一直守口如瓶。傅媽媽知道我要去美國，還貼心周到地聯絡了她的乾女兒，必要時可以來照顧我。

初到美國，人事兩茫茫，思念仍在台北的幼子，過去如影隨形。學英文之餘，除了給親友寫信，其他的事都無法專心，其中跟俞大綱老師信通得最多，他寫道：「從信中接觸到你的悲憤，為之惻然，長痛不如短痛，還是忘了一切吧！宗教與藝術的最高境界，是捨而非取，我希望你能走上這一境界。常作如是想，至少心境可得平安。」過了一段時間，我開始認識到：一個人面對現實，求生存的勇氣和忍受寂寞的耐力，都是在不斷的

磨礪中增長鍛鍊的。於是決心把自己釘牢在桌前寫舞蹈，讓自己只回憶和那份「傷痛」完全無關的事，把時間和腦子都填滿。我寫信告訴了俞老師這個決心，他馬上回信鼓勵：「好在你已經想通了，努力讀書和寫作，可以暫解憂思，充實自己。」 整整四十年後的今日，重新審視，再次體會到這位浸淫在古典戲曲和詩詞世界裡的學者，是如何保持一顆關愛且寬厚的心靈。當年我少不更事，哪能瞭解他所指的境界呢？在我人生陷入低谷時，俞老師與我分擔憂苦，不斷勉勵，循循善誘，才一步步地把我領出了當年無邊的苦海。

離開台灣半年後，俞大綱老師來信告訴我：「因感於你的事件，我編寫了《王魁負桂英》京劇劇本，由郭小莊飾演桂英，演出時得到巨大的迴響。」

俞大綱老師在台灣藝文史上對京劇文化的推展具有承先啟後的地位，他逝去後，郭小莊感到俞老師對京劇以及對她的栽培花了這麼多的心血，就是希望她能為京劇走出一條新路。為了承繼俞老師的遺志，隔年便成立了「雅音小集」，選了《王魁負桂英》作為創團作品。

由於傳統京劇盛況不再，觀眾逐漸流失，俞老師大力推廣京劇，除了是理論家，也是實踐家，他用通俗的妙筆寫出古典的戲劇。姚一葦教授認為：在台灣，俞大綱教授是一位真正懂得戲劇的人。在戲

▲俞大綱老師一生致力於傳統文化與
　現代藝術的融合。（林懷民提供）
▶《王魁負桂英》雅音小集劇本。（郭
　小莊提供）

◀郭小莊（中）與俞大綱老師伉儷。（郭
小莊提供）

▲ 1964 年，表演新疆舞後和當時的國防
部長俞大維合影。

▼六〇年代俞家家宴，左起：江青、俞
大維、俞大綵、汪玲。

▲香港舞蹈團排練《負·復·縛》的情景。
▼有感於我的婚姻遭遇，俞大綱老師編寫劇本《王
　魁負桂英》，我又以其為靈感創作舞劇《負·
　復·縛》。圖為 1984 年在英國 Northern Ballet
　Theatre 演出的劇照，左起：蔣小菫、Olivier
　Munov、John McGeachie、Yuko Shimizu。

　　　　　　　　　　　　　　　　　　　　　　　故人故事

劇結構上，絕無廢筆，他的劇本，既深具古典特色，又能避免部分傳統戲曲拖泥帶水的缺陷。

八一年，我回北京舞蹈學院給大專班教現代舞創作，其中涉及到：舞蹈的語彙要從自己文化的根底和規律出發，強調中國民族舞蹈必須兼具民族性和世界性的觀點。結果學生給我出難題：要我選一個最傳統的中國故事，編一個新的現代作品來說明我的創作概念。正在苦思題材時，想到俞大綱老師經常跟我強調：要進得了傳統又走得出來，以及他當年因我的婚姻有感而發編寫的《王魁負桂英》。最後，我運用了抽象的方法來演繹，探索人性中的野心、情愛與矛盾、良心負疚等問題，並按照思路給這個舞劇起名《負・復・縛》。舞劇可以說是受俞老師《王魁負桂英》的啟發，但也是變奏、另一種詮釋或創作上的延續，這些都是這位良師，當年苦口婆心循循善誘我們這群年輕人要走的方向、希望我們走上的道路。

雖然您不能坐在觀眾席上，但我始終相信您微笑慈祥地看著我，您的言行仍然在教誨、引導著我和許許多多的人。

請欣賞俞大綱老師在《王魁負桂英》劇中一段感人肺腑的桂英唱詞：

一抹春風百劫身，菱花空對海揚塵
縱然埋骨成灰燼，難遣人間未了情

良師益友俞老師大綱遺音永存！

2011年9月5日

張大千

1899-1983

一生充滿傳奇，曾赴日學習染織，又曾入
寺為僧，並在二次大戰時赴敦煌臨摹壁
畫，並與齊白石、徐悲鴻、畢卡索等中外
名家切磋，畫風自成一格，成為近代繪畫
史上的大家。

大千先生喜歡遊歷，對於居所和飲食亦十
分考究，居停過印度、阿根廷、巴西、美
國等地，晚年則定居於台北。位於外雙溪
的「摩耶精舍」，以意境悠遠的中國園林
著稱。先生過世之後，家屬捐出故居成立
紀念館，由台北故宮博物院負責管理。

西施（江青飾）與范蠡（曹健飾）姑蘇台
重逢，范蠡激動的叫道：「西施姑娘！」
這一聲，猛地使我憶起在現實生活中唯一
這樣稱呼我的大千先生。

姑娘與大千

　　我當然不是西施，但在一九六五年主演的電影《西施》中，扮演這位中國歷史上最早的女間諜。於是與張大千先生相識之後，他開口閉口的都叫我「西施姑娘」。

　　七〇年的夏天，我去了洛杉磯，盧燕和她的夫婿黃錫麟先生很照顧我這個人生地不熟、英語由ABC學起的孤單人。一次，在她家舉辦的「羅安琪國劇社」聚會上認識了董浩雲先生，不久，他們就約我一起去探望住在加州卡邁爾的張大千先生。

　　一進「可以居」的門，見到飄逸的美髯，就知道是大千先生。他開門見山，樂呵呵的用四川話直嚷：「噢喲喲！西施姑娘來囉！」我才知道這位大畫家看過這部當年的大片。黃錫麟先生和董浩雲先生都有攝影嗜好，美景當前豈能錯過，室內屋外，照片一張接一張的拍個不停，午飯來了還欲罷不休。那次餐點是大千先生年輕貌美的太太親自掌廚。記得每道菜上來，他都先嚐一口然後品評一番，太太則面帶微笑洗耳恭聽。餐桌上美髯先生忽出奇想：要西施姑娘午飯後換穿古裝衣服，在院子裡供來賓拍照，他自己也可畫些「美人圖」。說完「這個主意不錯吧！」便像個老頑童似的自得其樂地哈哈大笑起來。

　　我那時可說是不顧自己的前途和命運，剛「逃」離電影圈，最怕的就是看到鏡頭，一聽要扮演「古裝美人」供攝影，打從心底的不願意。

再說，我在張家看到許多隻千姿百態、俊美無比的貓，向大千先生討教，他興致勃勃的教我注意觀賞貓的一舉一動：看牠伸懶腰的樣子，看牠走路時的神態，看牠那對眼睛瞇起來的表情⋯⋯才知道家中養貓全是為賞心悅目，繪畫所需：供觀察、臨摹、靈感。總而言之，眼前所見的這一切，包括他家池中的金魚、籠中的鸚鵡、盆中的古松、院中的牡丹、小橋、流

張大千與董浩雲七〇年代在加州相聚。（董健平提供）

張大千伉儷攝於巴黎現代博物
館。右為女高音費曼爾女士。
（楊凡提供）

故人故事

張大千先生年輕時開始留鬍
子，飄逸的美髯神韻十足。
（楊凡提供）

我與張大千先生相識之後，他
開口閉口的叫我「西施姑娘」。
上圖為《西施》的定裝照，下
圖為《西施》劇照。

　　　　　　　　　　　　　　　　　　故人故事

水、奇石、竹林……無一不是為畫作「服務」。我慌忙地回說：「我毫無準備，就以後吧！」

記得那天午飯時，大千先生講了卡邁爾家的修建「故事」：卡邁爾之前，他們定居巴西，由於住地位置正好是在要建高速公路的地點，巴西政府下令必須搬遷。尋來覓去，美國加州卡邁爾的環境、氣候最為理想，但風景不是不好，遺憾的是不是中國式的。他向卡邁爾當地有關部門提出改造的構想：伐林砍樹後，種竹栽松，修池造橋，當局一聽以為他是瘋子，以破壞自然景觀為由，嚴詞拒絕了他的規劃，再商量也堅決不批。結果他找人到巴西，把他原來的家「八德園」，裡裡外外拍了個透，並雇了直升機拍了莊園全景，再拿去給管事的人看，看得他們目瞪口呆，馬上批了，大千先生還保證將來「可以居」會比巴西「八德園」修整得更美輪美奐。

他得意的越說越神采飛揚，我也聽得越來越雲中霧裡，直覺像是在拍電影古裝大片，搭佈景拆佈景那樣的不可思議。當然眼下所見，口中所嚐，有如置身故土，加上大千先生那口濃重的四川鄉音，就更加毋庸置疑的是在故鄉中國了。我究竟身在何方？出了張家的門，就好像由他的寫意水墨畫中走了出來；上了車開上高速公路，才知道人在美國；回到山塔・莫尼卡（Santa Monica），走進汽車間房頂上加蓋的、陽光永遠不會光顧的陰冷小屋中，才又清楚的意識到，我生活在殘酷無情的現實世界中。

七二年春季，意外的接到「加州大學柏克萊分校」的來信，內容是學校派專人看了我在「加大長堤分校」的中國舞示範演出，很欣賞，要我應徵教席。結果，柏克萊分校聘請我擔任舞蹈教員。在舊金山灣區期間，三藩市「中國文化中心」請我開課，並成立了「長城舞蹈團」，我任藝術總監。籌備了八個月後，七二年秋天，「長城舞蹈團」在柏克萊校園的撒拉柏（Zellerbach）劇場首次公演。沒想到演出後見到了張大千夫婦，我驚訝不已，因為知道他們一般晚上是不出門的，何況卡邁爾離柏克萊有一大段

路呢！我連聲道謝，大千先生摸著自己的美髯用大嗓門說：「西施姑娘跳舞哪能錯過！」一旁圍觀者全都笑了。

王己千（季遷）先生是中國古典字畫的收藏家、鑑賞家，也是畫家和美食家。七〇年代初期，在紐約中國藝術家的聚會中與他相識，人非常有趣且樂於助人，品味絕對是世界一流，我們不久便成了忘年交。在他家中品嚐到不少美食，也見識到許多「寶貝」（目前部分字畫典藏於「紐約大都會博物館」王己千畫廊）。

大概是七三年初吧，張大千先生約了十名大廚到他卡邁爾「可以居」競技，其中，我唯一記得的大廚是婁海雲，他本是大千先生在巴西的私廚，張先生是董浩雲先生的好友，為了董先生在紐約金融區開設四海餐廳而慷慨禮讓。董先生把婁師傅請到紐約四海餐廳後，招待了四海嘉賓，其中賈桂林・甘迺迪就很欣賞那裡的菜餚，貝聿銘則覺得在那裡晚膳是個美好的體驗，而我到那裡就一定會點婁師傅的拿手菜涼伴麻醬腰花。王己千先生特由紐約飛到可以居參加「大吃會」盛宴，而我這個饞嘴好吃的人也獲邀同行。

午前，大千先生邀王先生和來賓觀賞近作，同時也展示他的八大山人藏畫，兩位成年公子忙進忙出的圍著父親轉。午飯是大千先生開的菜單，十位大廚一一被介紹廚藝和特色菜後，「競技」加「大吃會」盛宴開始。他的夫人和兩位公子也都在座，閒聊時才知他倆就分住在附近獨立的別墅中，為得是可以隨時隨地、隨喊隨到的照顧父親，並處理父親身邊的龐雜業務，當然和繪畫有關的一切工作也要像徒弟一樣的承擔：諸如攤紙、磨墨、掛畫……。不料，入座沒多會兒，就被外來客打斷了。有一大卡車的太湖石運到門口。年長的兒子馬上出去應對，不一會兒就折回屋來跟父親咬耳朵。見大千先生面帶不悅之色，心知不妙，原來是來者要求：一手交錢一手交貨，否則決不肯先卸貨，隔日再來取錢。記得那車石頭要價三萬

西施在館娃宮，左起：李登惠、江青、毛冰如。

多美金，大千先生手頭不方便，於是要兒子馬上出去張羅，兒子認為利息太高，可以等一陣再買，不料大千先生當下命令他：再貴的高利貸都要給我去借來。兒子就一聲不吭，飯也沒顧上吃，馬上開車出門。我著實被眼前發生的事驚呆了，不料一轉眼，似乎甚麼事都沒發生過，大千先生一臉輕鬆，若無其事的提醒我：西施姑娘繼續用飯啊！

這之後我食不知味，哪有心思用飯，完全不記得那天都吃了些甚麼，到現在只記得他當時講的那席話：「世界上真正富有的是我，我過的比皇帝更開心，不是嗎？想怎麼花錢，想怎麼玩，想怎麼吃，想甚麼都可以得到，皇帝也未必像我一樣能隨心所欲。你可以說我的畫很值錢，如果你喜歡；其實畫假的真的都一樣，不喜歡的畫只為了保值才買也成假的了；所以這個世界是真真假假，假假真真，唉——都無所謂，都一個樣。你看，剛剛那車太湖石，你喜歡它，就是真藝術品，就值錢，所以去借高利貸

我也不心疼，最多我賣畫去換石，可以說是用真換真，也可以理解成：用不實用的東西去換不實用的東西。哎——西施姑娘，你懂我講的這番道理嗎？」我這才恍過神來，但一時間為之語塞，不知如何回應。

　　二〇一〇年十月，「紐約電影節」和台灣「文建會」在紐約林肯表演中心合辦了中華百年電影展，一共選映了二十部影片，《西施》也在其中。主辦單位無意中發現我人在紐約，臨時邀我參加首映會，並要我作簡單介紹。轉眼四十五年過去了，一切都太遙遠了，我已不復記憶，所以婉拒了作介紹。紐約電影節主席介紹我之後，放映開始，燈光漸滅，看時雖然為自己當年的幼稚演技有些尷尬，但見銀幕上下前後，昔日的同事、密友、伙伴大都故去，一幕幕的過往在腦海中投射、閃爍，心中一陣酸一陣暖，能不百感交集嗎？影片近尾聲時，西施和范蠡（曹健飾）在姑蘇台再相逢，范蠡激動地叫道：「西施姑娘！」這一聲，猛地使我憶起在現實生活中，唯一這樣稱呼我的大千先生。如今想及，大畫家美髯先生一生見多識廣，見過的世面、交往的人太多了，或許他從來就不曾知道我的真名實姓，那又何妨，按照大千先生遊戲人間的態度和語調會說：

　　「人生嘛！本來就是真真假假，假假真真；真假難辨，有樂就好！」

2011 年 8 月 31

聞名遐邇的大畫家也看過當年
的大片《西施》。圖為禹王廟
前的西施。

劉賓雁

1925-2005

二十歲加入中國共產黨，1957年任北京
《中國青年報》記者，發表小說批判中共
官僚主義和箝制新聞自由的審查制度，遭
下放勞改。1979年始獲平反，其報導文學
作品《人妖之間》，揭露中共自建國以來
地方官員最大的貪污案，引發極大迴響。
八〇年代擔任《人民日報》記者，持續發
表揭露社會問題的相關報導和報導文學，
因而獲得「中國的良心」美譽。1988年赴
美講學，六四民運後，他曾公開發表譴責
中共的言論，被列入黑名單，自此流亡美
國以終。

江故人故事

長眠於此的這個中國人，
曾做了他應該做的事，
說了他自己應該說的話。
——劉賓雁
（許育愷攝）

嘆劉賓雁！

嘆劉賓雁！

劉賓雁於二〇〇五年十二月五日過世，那天我正好由瑞典飛抵紐約，與一九八九年六月四日同樣，又是一個哀日降臨。

「六四」清晨我在瑞典上機，下機時知道大勢已去，如雷轟頂，一切的希望都化為灰燼。心想怎麼就這樣巧合，一下機就接到不幸的消息，當天趕往普林斯頓探望賓雁的妻子朱洪。在我心目中她是一位了不起的女性，永遠默默地站在丈夫身後，陪伴他一起經歷無數次驚濤駭浪，一輩子默默地承受，靜靜地挑起重擔，無怨無悔。

劉賓雁的妻子朱洪默默地站在丈夫身後，一起經歷血雨腥風的整肅，下放勞改。圖為劉賓雁告別式上我與朱洪相擁而泣。（北明攝）

對於她的一言一行，那麼無私的奉獻，我常自愧不如。那天她神情哀戚，啜泣哽咽地緊握我的雙手，反倒安慰泣不成聲的我。事實上，賓雁罹患直腸癌已有一段時日，但接獲噩耗仍然是絕對的意外！最使我傷心的莫過於在他生前無數次的喟嘆：「我的要求並不高啊！哪

怕回去打個轉兒，看上那麼一眼家鄉的老百姓，也就心滿意足啦。唉！」結果呢？ 一位八十歲的垂暮老人，當代中國新聞史上的重量級人物，只落得有家歸不得，客死異邦，能不令人悲痛嗎？！

八〇年代中，在香港初識劉賓雁、朱洪夫婦。認識他們的朋友請我一起吃了頓飯，我曾看過劉賓雁寫的《人妖之間》，這是一本揭露中國地方官員貪腐的報告文學，也看過他寫的揭露社會問題的相關報導，在八〇年代的中國尤其是在民間曾引起百姓巨大的反響，由於他敢於說真話，贏得了「中國的良心」稱號。那天餐敘知道朱洪是上海同鄉，在兒童文學出版的領域裡擔任編輯工作。那天我們談的很投機，非常高興能和這對真摯、坦誠的夫婦相識，其他的情況現已記不清楚。

一九八七年在北京會面的印象倒是令人難忘。那年我在中國做第一個現代舞的獨舞演出，一共巡演了八個城市，最後一站是北京。當年「現代」二字在中國仍屬敏感，不能公開演出，只能內部觀摩。在北京中國劇院演出三場，由舞蹈家協會、作家協會、美術家協會各包一場，他們夫婦看的是作協包的專場。八七年劉賓雁在「反對資產階級自由化」運動中，被中共以反對四項原則為由，再次被開除黨籍和公職，在中國尤其是在文化界這消息十分火爆，議論紛紛，他很想來看我表演，但又不想在那個節骨眼上在公開場合露面，以免引起騷動。結果我商請同班同學幫忙，臨開

1987 年在北京演出的後台。右起：劉賓雁、江青、吳祖光、朱洪，背對鏡頭的是陳錦清院長。

演燈黑前，才從後台門口將他們夫婦領了進去，選了個不起眼的位置。散場後聚會宵夜也早就安排妥當，外國友人在外交公寓有一套住房，把他們倆用友人自己的車直接載回家以保「安全」，果然萬無一失。現在回想起來有點像偵探小說情節，但那時為了「安全」起見，中國人不能隨便出入外交公寓，和外國人接觸也得事先打報告，他是中國頭號名記者，又在風口上，我不得不小心。那晚看演出的人很多，參加宵夜聚會的中外嘉賓有二十來位，大家都百無禁忌的暢所欲言，也都很關切賓雁的「前途」。我頗感意外，私底下大家好像沒有甚麼不敢議論的，還記得小時候在大陸，還有文革剛結束我再回去時，一切言行都必須謹小慎微才行。

演出後，我在北京住了一陣子，為的是和剛認識的高行健談新的創作《冥城 —— 莊子試妻新釋》。高行健聽我講了構想後，先介紹我去向吳祖光、新鳳霞夫婦討教，沒想到劉賓雁和吳祖光是老友，且當時都在共「患難」（吳祖光同時被開除黨籍）中，難兄難弟當然想聊一聊。高行健曾任

中國作家赴法代表團的法語翻譯，劉賓雁當年是代表團成員之一，也算舊識，於是便在談正事——「劇本」之餘，和他們幾位共聚了好幾次，大家也都不把我當外人。我對中國的時事一向關心，和高行健熱切討論構思創作的同時，又有機會聽到這批文化菁英高談闊論，言談之間更多的是憂慮：國內形勢、政治氣候、人事動向……對我來說，這完全是一種新的經驗，我莫大的好奇心得到了充份的滿足。

八八年，賓雁赴美講學，八九年，公開反對武力鎮壓六四民運，被中國作協開除，從此被當局禁止返回中國，他的名字在大陸亦迅速消失，成為享譽世界的流亡記者。

九〇年代後期，劉賓雁是瑞典斯德哥爾摩大學亞太中心邀請的訪問學者，同時擔任美國自由亞洲電台評論員，兩地遊走，陸續加總起來在瑞典住了一年。朱洪因為得留在美國照顧長孫劉馨馨，不能長期陪伴在側，只偶爾來小住，因此那段時間和賓雁有不少接觸的機會。

記得他第一次來猞猁島小住，似乎對戶外生活適應能力以及動手能力，比一般中國知識分子都強得多。原來他在五七年被打成右派後，下放農村勞改四年；之後又返回原工作單位《中國青年報》當雜工三年；接著指他「反黨」，再度被下放農村勞動改造十一年，前後十八年的體力勞動經驗，怎麼不會幹體力活兒呢！而賓雁的英文也可以流利的和比雷爾溝通，比雷爾和歐洲的知識分子一樣，對人與社會都很關心，且有一種天生的社會責任感，所以和賓雁談得很投機，尤其是在一杯威士忌或伏特加下肚後，暢談法國大革命、蘇聯解體（賓雁學俄文，曾在蘇聯留學，而比雷爾有很多東歐科學家朋友，去過蘇聯各地講學多次，兩人對那裡的情況有相當的瞭解）、中國八九民運，討論關於專政、法律、如何看待歷史等等的話題。當然對賓雁來說，最最關切的是中國的命運，尤其是八九年天安門事件後，大批民運人士流亡海外，普林斯頓就有一批人，將來何去何

從？學運領袖們是否應當反省？六四會平反嗎？他焦心積慮無時無刻不在慨嘆，唉！不管人在哪裡，過不了幾分鐘就是一聲長嘆，聽得我有點揪心，但又不知該說甚麼才好。

他喜歡抽著煙在松林裡散步，也喜歡坐在大石上面對著大海看日落，但無論如何那一聲長嘆「唉——！」是不會斷的。比雷爾曾禁不住悄聲問我，眼前美景這麼靜謐、安詳，為甚麼他不能不嘆氣，把遙遠的中國暫時丟到腦後，享受一下大自然呢？是啊！為甚麼？我沒問他，因為我心知肚明：憂國憂民的他，此刻正憂心如焚。

有一次，我差一點惹了場大禍，也是賓雁和我後來一見面時就會哈哈大笑提到的事。

九〇年代，我在各地編舞、演出兩忙，在瑞典家中的時間很少，但如果回來，知道他在總會關心一下；馬悅然在太太寧祖去世後，有時也需要關心。因此一天我在瑞典的家中，提議請他和馬悅然以及幾位談得來的漢學界朋友，一起在家裡便飯，比雷爾剛去了紐約，我們可以講中文，更自由痛快些。

我很喜歡採摘松林中的野蘑菇，晾乾後可以儲存很久，自己採集的，更顯待客誠意，也別有風味些。那天招待大家的第一道菜是奶油松菇湯，主菜是在桌上自己燒烤。一來我當時太忙，沒時間張羅地道的中國菜，二來聊天要緊，若客人上桌吃飯而主人卻鑽在廚房裡，實在大煞風景。飯前悅然和賓雁在樓上聊了許多，也喝了不少威士忌。下樓

2006 年，朱洪贈我的劉賓雁照片，上題：江青存念　朱洪。

江故人故事

晚飯時，他們又盛讚松菇湯美味無比，我估計大概湯做少了，就淺嚐了一口，好讓客人們盡興。

晚飯結束前，東方博物館的史美德女士感到有些不適，要求在客房過夜，沒吃甜點就關門休息了。其他客人似乎也酒足飯飽聊得盡興，飯後大家一起離去。

不料，客人剛走美德就開始嘔吐，而且蠻嚴重的，還沒由洗手間回到睡房就又折回洗手間，結果我找了個盆拿到睡房裡，免得她一夜來回折騰。半夜，陳邁平打電話來，告訴我他送賓雁回家，在地鐵上賓雁就忍不住想吐，我心想可能是心情不好，又多喝了點酒，沒挺在意，掛了電話便睡下了。

第二天清晨，美德起不了床，她一向有早起的習慣；邁平也打電話問我：「送完賓雁回家後我也嘔吐不止，會不會食物有問題啊？」「但是我和兒子漢寧完全沒事啊！」我雖然這樣回答，但隨即感到事態嚴重，顧不了時差，打電話到紐約找比雷爾求救。睡夢中比雷爾被電話吵醒，一聽描述就知是嚴重的食物中毒，問我都吃了些甚麼？我一一報上，但強調我和漢寧完全沒事，他說：「兒子是不吃蘑菇的，那肯定是問題出在蘑菇上。那你呢，難道你沒有喝酒？」「那當然喝了！有悅然在哪能不喝！」說到這裡我才猛然想起，昨天晚上我看湯的「銷路」那麼好，生怕份量不夠，因此只象徵性的淺嚐了一口，統統留給了客人，於是告知實情，比雷爾一聽此事非同小可，著急的說：「你不記得我再三叮囑過你，這種黑喇叭蘑菇可以吃，但萬萬不能和酒同時吃，一配起來就成了劇毒！」我一聽，倒抽一口氣，渾身上下直冒冷汗，想到悅然和賓雁在飯前一杯又一杯的威士忌，回頭又看見躺在飯廳角落裡的一堆空葡萄酒瓶，急的說不出話來。比雷爾要我馬上打電話，叫大家趕緊上醫院，一刻都不能耽擱。

後來的情況可想而知，受災情形完全和昨晚喝的酒量及蘑菇湯成正

比。劉賓雁冠軍，上吐下瀉躺在床上足足一個星期，他還告訴邁平以為真的挺不過來了；馬悅然亞軍，病了三天有餘，急得找兒子幫忙；其他的人沒喝烈酒，葡萄酒的酒精成份低，過了一天大致可以上班工作；而我這個闖禍原凶卻安然無恙。劉賓雁後來對我說：「大概是你好心有好報吧！」邁平笑說：「那天如果真的出了事，那瑞典的漢學界也就差不多完了；賓雁要是有個三長兩短，你也就幫了對方（指大陸官方）一個大忙，『中國的良心』消失，拔去了他們的眼中釘。」後來再見到他們，除了直說「對不起」之外，對於自己的粗心大意真是無話可說。

我的自傳《往時‧往事‧往思》九一年在台、港出版，書寫的緣由肇因於八九年的「六四事件」，第一章就是「天安門」，寫了我當時的憤怒，也回憶起在北京舞蹈學校當學生時，在天安門廣場遊行以及在天安門城樓上演出的情景。不刪第一章，就不能在大陸出版。賓雁讀了這本書後很喜歡，一定要我設法出英文版，正好他的《第二種忠誠》（*A Higher Kind of Loyalty: A Memoir*）剛剛出了英文版，他熱情地寫了書評推薦，也把他的翻譯朱虹女士推薦給我，朱洪聽到後馬上說：我是洪水猛獸的洪，那位可是彩虹呵！余英時的夫人陳淑平女士也在讀後熱情的給我推薦作家經紀人，經過一番努力，最後出英文版的事不了了之。

我把賓雁的推薦信錄下：

我很願意向美國讀者推薦著名華裔舞蹈家江青的這部回憶錄。

江青曾經是社會主義中國的寵兒，在一切個人和人性都遭到排斥和壓抑的年代裡，她得天獨厚地在舞蹈藝術中發現了自己；但政治上的種種禁忌卻使她不能在故土上貢獻自己的才華。她一個中共政權培養出來的藝術人才，在偶然的機緣中，成為國民黨統治下的台灣的紅極一時的電影明星。然而她得到的並不是她所追求的。當人人艷羨於她的盛名與榮譽時，

我很願意向美國讀者推薦著名華裔劇作家江青的這部回憶錄。

　　江青曾經是社會主義中國的寵兒，在一切個人和人性都遭到排斥和壓抑的年代裡，她得天獨厚地在她鍾愛的藝術中發現了自己；但政治上的種種禁忌卻使她不能在故土上貢獻自己的才華。她一个中共政權培養出來的藝術人才，在偶然的機緣中成為國民黨統治下的台灣的紅極一時的電影明星。然而她得到的並不是她所追求的。當人人豔羨於她的盛名與榮華時，她卻毅然捨棄這一切，到海外當一個一文不名的飄泊者。通過她個人的苦苦掙扎，她終於又回到自己理想的藝術殿堂。半個世紀以來中國的富於戲劇性的歷史，透過這個具有非凡才能與驚人毅力的女性的經歷，真實地展示出來。回憶錄既用調侃的手筆揭露出中共統治者如種種殘暴不仁、荒誕不經的種種作為，同時又以細膩的筆觸描繪了她的親友間、同學間和同行間的互相關心、相濡以沫的友情。

　　在中國又一次面臨歷史轉折，即將再次成為世界注意的焦點時，我把這本書推薦給貴出版社。

　　　　　　　　　　　　　　　　　劉賓雁
　　　　　　　　　　　　　　　　　1992.3.3

劉賓雁很喜歡《往時・往事・往思》，為了促成英文版，還特地寫了推薦信。信由朱洪手書，劉賓雁簽名。

她卻寧願捨棄這一切，到海外當一個一文不名的飄泊者。通過她個人的苦苦掙扎，她終於又回到自己理想的藝術殿堂。半個世紀以來，中國的富於戲劇性的歷史，透過這個具有非凡才能與驚人毅力的女性的經歷，真實地展示出來。回憶錄既用調侃的手筆揭露出中共統治者的種種殘暴不仁、荒誕不經的種種作為，同時又以細膩的筆觸描繪了她的親友間、同學間和同行間的互相關心、相濡以沫的友情。

在中國又一次面臨歷史轉折、即將再次成為世界注意的焦點時，我把這本書推薦給貴出版社。

劉賓雁　1992. 3. 3

賓雁往生後朱洪回國，在北京約朱洪晚餐，知道她在賓雁過後，一直在整理他未曾發表過的文章、讀書筆記和一些零星的手稿；朱洪說：「在國外，賓雁最大的心願就是聽到來自中國這片土地的聲音，現在他聽不到了；希望有朝一日，這片土地上的人能再聽到他的聲音。他的那筆字只有我才看得懂，所以我要在有生之年，把那些沒發表的文字整理出來，但太多太多了……，唉——！」在北京見面時她那聲無奈的長嘆，一下子讓我想起了賓雁，好像又聽到了他沉重的歎息聲，唉——！我們倆的眼眶都紅了。

賓雁對我也有相當不滿意的時候，那是二○○○年高行健榮獲諾貝爾文學獎之後，行健在得獎演說時，發表了「文學的理由」談話，後來也在其他演說中一再地重申：文學只能是個人的聲音……，文學就其根本乃是人對自身價值的確認……，文學應當超越國家，超越民族，超越各種意識形態，文學不以社會批判為前提，不企圖改造世界，也不去設置烏托邦，不提出救世的藥方，也不作道德的審判，也不需擔當社會責任。諸如此類的文學藝術觀，賓雁是極不贊同的，為此還寫了文章批判。我在行健獲獎後，因為和他合作過兩齣劇，私下也是朋友，有不少交往，因此發表

了幾篇文章，介紹行健以及他在創作上與我合作的過程和經驗。賓雁在瑞典見到我，很嚴肅的跟我談：「怎麼連你都這樣寫？我以為你對社會是關心的，行健他不是六四後還寫了《逃亡》嗎？怎麼會鼓吹這種絕對個人主義？……」還說：「自言自語可以說是文學的起點，難道作為藝術家就不需要承擔社會責任？……」我的觀點是：「作為一個人，在社會上應當具有道義責任感，但這和藝術創作是兩碼事，那絕對是個人的。」聽後，他又是一聲長嘆，唉──！

這一嘆也讓我聯想到，九○年代初，我在紐約演出高行健為我寫的《聲聲慢變奏──取李清照詞意》，賓雁看完演出後，對我在作品中完全表達個人的、女人的、也是人的孤獨、寂寞、無奈……很有看法，他希望看到的是揚善貶惡、對人類社會發展有意義的作品。我不記得當時是如何回答的，大概的意思是：藝術作品只能表達人類的生存困境和人性的複雜，創作上我不可能憂國憂民。那晚，我感到他對我有些許失望吧，因為又聽到他的嘆息，唉──！

有時我會去普林斯頓探望他們夫婦，尤其是剛從中國回來，因為他總是迫不急待想知道大環境的發展和變化，又有些甚麼新聞，這片土地上老百姓的安危禍福，老朋友吳祖光夫婦的近況如何……。總而言之，他一心牽掛的就是中國社會現況，隨時想掌握來自中國大陸的第一手資料，而當前中國的現況和自己一生奮鬥所期望的理想不是越來越近而是越離越遠；貪污腐敗越來越嚴重，貧富差距越來越大，道德人心越來越壞……，他一面聽，一面生氣的嘆氣，唉──！

體貼入微的朱洪，雖然是南方人，但跟賓雁在一起生活已有半世紀之久，很會做賓雁鍾意的北方菜。我很愛吃她烙的韭菜盒子，每次都可如願以償，賓雁懷念東北的酸菜火鍋，發現德國罐裝的酸菜味道很像，連忙跟我推薦。

他非常忙，先辦通訊《中國焦點》（*China Focus*），後辦中文月刊《大路》，還擔任自由亞洲電台特約評論員。二〇〇一年又任獨立中文筆會第一任會長，參與大大小小的民運會議，設法幫助許多流亡人士找到落腳處，要求拜訪和採訪他的人也絡繹不絕。外加，因為自己一而再的在政治上「出問題」而影響到兒女們，產生愧疚感，所以格外疼愛住在那裡的長孫馨馨（長子劉大洪的兒子），夫婦倆在照顧當時還小的馨馨的生活和學習上都不遺餘力，付出許多時間和精力。

最後一次見到賓雁，是二〇〇五年二月，八十大壽的前幾天，那時他身體已相當衰弱，很少出門。我不想加入「慶祝劉賓雁八十壽辰」的聚會，給一位自己喜愛又敬重的朋友祝壽，當然樂意，但與會的人大都不認識，我又不喜歡大合唱祝你生日快樂，因而邀了幾位他平日談得來的好友小聚。賓雁體力不好，我建議去普林斯頓餐館就他們夫婦方便，或到紐約曼哈頓吃地道的北方菜，結果他選擇在紐約，朱洪說：江青這是你天大的面子。當然大家聊天為主，下午鄭愁予夫婦、陳幼石遠道趕來我家，家住紐約的高友工和張文藝也很早就到了，大家知道賓雁要來一趟紐約極其困難，也不知他身體能撐多久，所以都先來恭候壽星。

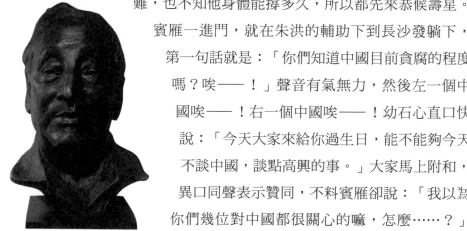

劉賓雁八十壽辰時，朋友們集資鑄成的銅像，現保存於他的第二故鄉美國普林斯頓大學。（北明攝）

賓雁一進門，就在朱洪的輔助下到長沙發躺下，第一句話就是：「你們知道中國目前貪腐的程度嗎？唉——！」聲音有氣無力，然後左一個中國唉——！右一個中國唉——！幼石心直口快說：「今天大家來給你過生日，能不能夠今天不談中國，談點高興的事。」大家馬上附和，異口同聲表示贊同，不料賓雁卻說：「我以為你們幾位對中國都很關心的嘛，怎麼……？」「我們都是從事文學藝術方面的，平時不談政

治。」不記得誰來了這麼一句。「唉──！」賓雁長嘆。我心想：你一個八十歲的人，在中國加起來只有八年是自由的，現在都甚麼時候了，還是心上只牽掛著中國，這個「不了情」何時能了？然而，賓雁仍然按奈不住：「唉──你們講這個政權還能維持多久？我們要不要給它算算命？」這是他的老生常談，我已聽了不知有多少回了，每次他都樂觀的自問自答：「快了！快了！」接下來必定又是一聲長嘆，唉──！但這次他沒有，似乎陷入了沉思之中。

晚飯去了中國北方館子，點得都是他平時喜愛的菜，看到他辛苦的在支撐著，我們也都沒有甚麼心情吃，告別時大家心情都很沉重。

再見賓雁是二〇〇五年十二月十日，在普林斯頓他家附近殯儀館的葬禮上，本來大家建議在紐約曼哈頓舉行，可以多些人參加，但朱洪認為：「既然賓雁走之前要回中國的心願沒能達成，現在在哪裡都無所謂了；我們在普林斯頓住了這麼多年，也能算作第二『故鄉』吧。我考慮到紐約的中國圈子太複雜，此時此刻不宜再發生任何節外生枝的事。」朱洪為人一向低調，辦事、考慮事情周延沉穩，大概這是她深思熟慮後所決定的。

那是那一年中最冰寒澈骨的時刻，葬禮時見到賓雁靜靜地躺在那裡，這位曾經擁有極大聲望、多少人曾聽他發出巨鳴的「中國大雁」，似乎是飛累了在休息。一生為中國的進步而顛沛流離，為了表達「忠誠不二」而保持尊嚴──保留中國國籍。在我的印象裡，似乎他一輩子都認定了：「生作中國人，死作中國鬼！」一生坎坷且不懈地為中國老百姓吶喊，一心一意為人民鞠躬盡瘁。為一個民族，本著身為「國家良心」的劉賓雁，如此忠貞的遊子，卻落葉不得歸根，客死異邦！

知道賓雁在生命的最後階段，多次要求飛回故里，臨死前，這隻遍體鱗傷的大雁還要朝中國飛，無奈，頑強的大雁最後也是雙翼被折飛不得也，抑鬱以終死在異國他鄉。朱洪和兒女把賓雁的骨灰帶回故里，然而還是

劉賓雁生前為自己寫的墓誌銘未能刻在墓碑上,墓上只有他的簽名手書「劉賓雁」和生卒年(北明攝)。

不能入土,苦苦等待了五年,才終於在二○一○年十二月二十二日的冬至那天,安葬在北京門頭溝天山陵園。

確實是「冬至」,劉賓雁生前為自己寫的墓誌銘:「長眠於此的這個中國人,曾做了他應該做的事,說了他自己應該說的話。」卻未能刻在墓碑上。墓上只有他生前的簽名手書「劉賓雁」和生卒年1925－2005。難道生前怕他講真話,死後還怕他的墓誌銘?雖然蓋在墓穴上的紫金大理石空無一字,但他的墓誌銘會鐫刻在人們的心中,刻入歷史,長存永遠!

劉賓雁的兒子劉大洪在葬禮上說:「希望後人終有一天會讀到父親的這段話,也會聽到這塊石頭背後的故事。」

我相信一定會的!不死的大雁你飛好!再也聽不到你的嘆息聲了,現在,倒是我在心中為這位中國近代史上的悲劇英雄三嘆:唉──!唉──!!唉──!!!

記得在最後的那段日子,賓雁一直對我說他最大的遺憾是沒能在吳祖光走之前,兩人在中國再見上一面,現在這對難兄難弟可以在天上重逢了,魂靈相見長敘時,你還會嘆息嗎?希望不會。真的,祝願你在另一個國度裡,飛得自由自在,輕輕鬆鬆!

2011年7月26日初稿
2012年7月14日修正

補記

　　去年寫故人時，只是將所接觸的劉賓雁的故事寫出，除了致敬，也表達了對他深深的懷念。結果赫然發現許多人都已經不知道他是誰，或者不清楚他究竟做過些甚麼，只能慨嘆時代的瞬息變化啊！

　　一九八八年，賓雁離開中國大陸，到二〇〇五年逝世，中間十七年，加上直至今日的七年，也就僅僅二十四年的光景，劉賓雁三個字就在他的故土蒸發了，真快也真夠徹底的：網路、媒體上、教科書中，再也沒有見到那三個字，書店裡也買不到他的著作，就連他的去世、下葬也沒有一個字的報導……。

　　為此，現將初稿修正，補上找到的劉賓雁在九二年給我的回憶錄《往時・往事・往思》所寫的推薦信，近日向賓雁的女兒劉小雁查詢後，證實我的猜測是對的，信是出自於父親，而文字的謄抄則出自於母親朱洪之手，賓雁最後親自簽名。看著這筆娟秀的字，真懷念遠在萬里之外的朱洪。修正文章中，也特意加入了劉賓雁的生平和所作所為，我想盡我所能的為他留下印記。當然他的一生值得記載史冊，其中可歌可泣的事蹟太多太多了，豈是我能力所能及的。

　　在此，也遙祝朱洪多保重，需要她做的事還多著呢！

黃 苗 子

1913-2012

自幼喜愛文學藝術，拜名師學習書法，其後在上海從事美術漫畫工作，曾任出版社編輯，是中國當代著名的漫畫家及書法家。黃苗子長期活躍於文壇、藝壇，交遊廣闊，經常發表論文及詩詞作品，兼有美術專論、畫冊、散文集作品問世。

郁 風

1916-2007

生於北京，其父郁華是知名法官，也是郁達夫的兄長。曾就讀於中央大學，是近代中國著名畫家徐悲鴻和潘玉良的學生。曾任《星島日報》及《華商報》編輯，五〇年代後，任職於中國美術家協會、中國美術館以及中央文史研究館。

郁風在北京觀賞我的演出時，畫
了線條簡潔但極具個性的速寫。

無牽無掛的走吧！──黃苗子、郁風伉儷　　　　　　　　093

無牽無掛的走吧！

——黃苗子、郁風伉儷

　　在報上看到黃苗子二〇一二年一月八日在北京百歲辭世的消息，整夜思緒萬千。自從他的老伴郁風大姐二〇〇七年隨春風消逝後，我一直沒有機會再拜望他，只偶爾會趁機在熟人那裡打聽他的近況。最後一次的接觸，竟然是幾個月前我整理箱中書畫時，看到他在九二年送我的一幅字「迴風舞雪」。看到那四個蒼勁瀟灑的大字，腦中頓時清晰地浮現出那天他和郁風姐在香港黃永玉家，笑瞇瞇地即興揮毫寫字贈我的情景。

　　近年我開始寫「故人故事」時，就打算寫慷慨多姿、特立獨行，自稱「大雜家」的郁風姐。而且文章的篇名也早就想好了：〈別了，郁風姐〉，萬萬沒想到還沒動筆寫這位隨風而逝的佳人，那位豁達、幽默的才子黃苗子就去和她相聚了。那我就把這兩位白頭偕老的才子佳人、中國文化界德高望重永不消逝的雙子星座團在一起寫吧！

　　和郁風姐認識是在八七年夏天，我在北京海淀「中國劇院」演出三場現代舞獨舞，其中一場是由「中國美術家協會」包的場。當時，郁風姐擔任中國美協常務理事，我得到了她熱情洋溢、體貼親切的接待。初接觸就對這位氣質不凡、風度高雅的長者「一見鍾情」，大概是由於她和我一向敬重愛戴的舞蹈前輩戴愛蓮先生是摯友。她們兩人都屬龍，二〇〇六年舞蹈家舞龍飛天，二〇〇七年畫家、散文家、藝文評論家也掣筆乘龍歸去，她們倆都那麼率真，那麼光彩照人，那麼魅力十足，那麼調皮可愛，那麼

達觀通透……，一想到這兩位龍女，一份崇敬、潤澤又湧上心頭。

今年是龍年，相信本命年中兩條從不張牙舞爪的龍女可以又優雅的聚首談心了。相聚時，郁風姐請你不要忘記，再拿起畫筆，畫下戴先生「飛天」的曼妙舞姿。

那年演出後，我無意間發現郁風姐在《人民日報》上發表了一篇短文，題為〈觀舞隨筆〉，還加上看演出時畫的幾張線條簡潔但極具個性的素描。文中她寫道：「她以自己的生活哲理，塑造出美麗感人的舞蹈形象，使我們認識了這樣一位嚴肅的藝術家。」她還在文中評論：舞蹈的表達更勝於語言……。

我頓時感覺找到了知音。交往後才知她對舞台一向情有獨鍾，年輕時曾嘗試寫劇本，做舞台美術設計，並在《武則天》劇中飾演女

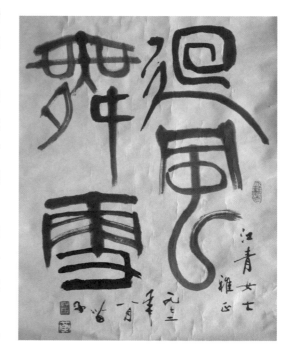

主角。她對舞蹈尤其偏愛，她說：「從一九五一年烏蘭諾娃首次來北京演出，我就天天去排練場，入迷的看，入迷的畫。」此後她用大片的時間看舞蹈排練、演出，給報紙、雜誌畫舞蹈速寫，也許這是受到好友葉淺予畫太太戴愛蓮舞蹈的啟發。郁風姐告訴我，她甚至有此生不為中國少數民族為憾，因為中國少數民族普遍擅長歌舞，她極羨慕享有舞蹈歌唱這種與生俱來的稟賦。她的本性就是那樣的無拘無束，永遠像個年輕的女學生，對一切都充滿了好奇。最讓我感到驚訝和感動的是，那次畫我的舞蹈速寫，是她二十多年來的第一次技癢再畫舞蹈（經過了什麼都不許幹的十年，文革後的又一個十年），坐在黑洞洞的劇場裡，居然在摸黑中，還能精準又傳神的抓住舞蹈的形體動態。

郁風姐和黃苗子，與那位「江青同志」，四〇年代在重慶曾有過交往，江青生怕他們知道「太多」，於一九六七年文化大革命期間將他們同時逮捕，兩人含冤入獄七年。這對連坐牢都要結伴的夫妻，八九年「六四」後風雨同舟，移居澳洲布里斯本。九〇年初，我時常收到郁風姐的信，在信中感受到了她的悲憤和無奈，體會到她隱身在外的寂寥，書信往來似乎成了她旅居生活的一個重要部分。很可惜這些信沒有保存下來，只保留了她膝頭上放著一本書獨自坐在布里斯本家中紫藤花架下的那張照片。在這封信中她寫道：「紫藤花是我的最愛，在北京我家周圍，春天時就有很多紫藤花盛開，你看這花多美……」我知道她想家了，「月是故鄉明，花是故鄉美」，回信勸慰並告訴她：紫色也是我的偏愛，照片上的人比花美多了。

他們兩位是中國難得的全方位藝術家，在香港熟人多，尤其是相知相契的名畫家黃永玉先生也在香港定居，邀他們由澳洲來香港參加各種活動的機構和機會都很多，我有時也會路經香港或在香港工作，因此常和這對文雅曠達的賢伉儷在港會面。他們知道我住在酒店，馬上誠摯熱情的邀我

　　　　　　　　　　　　　　　　　　　　故人故事

▲四〇年代的黃苗子、郁風。（李輝提供）
▼郁風攝於澳洲布里斯本家中的紫藤花架下。

無牽無掛的走吧！──黃苗子、郁風伉儷

搬到香港大學柏立基學院招待所和他們為鄰，並且保證由他們當介紹人絕不會吃閉門羹。原來，掛在學院門口的「柏立基學院」那個大匾就是黃苗子題的字。住在柏立基學院，一來環境清幽，半山空氣好，又可以爬山散步，很對我口味，後來每到香港也都喜歡在那裡落腳。對他們來講，恐怕最重要的是和黃永玉、梅溪夫婦見面方便，他們就住在對面的公寓中，近的幾乎可以隔窗相望。四位老友幾乎每天相聚，我有空時也參一腳。

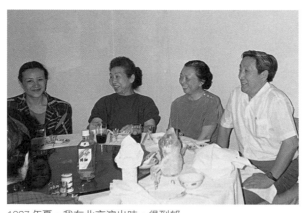

1987 年夏，我在北京演出時，得到郁風熱情親切的接待。右起：劉賓雁、朱洪、郁風、江青。

那真是個美好的經驗，現在想來更感覺到是難能可貴的視覺享受，永玉畫畫，苗子題字，一切都在即興的狀態下進行，但又如此地胸有成竹，互有默契，籠罩在一種篤敬藝術的創作氛圍中。郁風姐和我是旁觀者，我是外行，和他們屬忘年交，不敢信口開河，而郁風老有許許多多點子，不斷指手劃腳，老伴苗子笑瞇瞇的不出聲。我想他不但習慣了，而且對老伴的急智多謀頗為欣賞，也挺得意；而永玉則會連笑帶罵：「你這個囉嗦的老太婆，真討人厭」之類的。梅溪則老是在廚房和客廳中忙著張羅吃喝，末了，哥倆選好了圖章，大印一蓋，然後總會有一頓色香味俱佳的「便飯」。記得黃家有不少從王世襄家中學來的食譜，其中大蔥煸大蝦米就是一道，黃永玉曾將作法跟我細細道來，可惜我一試再試總是不太成功。

黃苗子不但善畫善書法善詩詞，還是一位文物鑑賞家。那些年，我喜歡週末在北京潘家園瞎逛，似懂非懂的撿了些七零八碎的破爛，又在艾未

未和路青相伴下，買些小玩意兒，有些東西我拿給黃苗子鑑定後才放心。過目時，他會分析道理，講出個為甚麼，實在是增長見聞，可惜自己這方面的底子太薄弱，無法領略其中高深。

九一年，《江青的往時‧往事‧往思》在香港出版，見面時，我送了他們一本，後來郁風姐陸續送了我她寫的一些書：《我的故鄉》、《急轉的陀螺》、《陌上花》、《時間的切片》，她的散文文如其人，真摯、自然、生動、不拘一格，對人對事既有廣闊的視野，又有獨特的見解。《時間的切片》中有一章是：〈現代舞藝術家—江青〉，寫的是她的讀後感，我被她獨特敏感、誠意的「用心讀」感動。「那塊傷痕累累的土地永遠吸引著她不斷回歸。」這是郁風姐在讀後感中對我經歷的描述，而他們伉儷呢？

這對經歷了崎嶇磨難相依為命的夫妻，九九年結束了海外的生活，回歸故園，住在北京朝陽區團結湖北里。我去北京時總會順道前去拜望，他們的老友發現：在海外十年的漂泊，和他們從秦城監獄關了七年走出來一樣，絲毫沒有改變他們的性情，依然故我，依然一樣地幽默爽朗達觀，依然保持著年輕人的精神面貌，依然那麼的樂於助人，依然愛講笑話，依然妙語如珠，依然一點沒有世俗的價值觀，依然沒有成人的世故。

黃苗子依然永遠笑瞇瞇，漂亮可愛的老太依然注重儀表，一誇她衣著得體，她會馬上驕傲的告訴你是她自己設計的，然後不厭其詳的報告製作過程；一讚她家中好吃的，也會馬上教你如何調製。我想他們也喜歡我直來直去的談吐和率直個性，我和這對快樂的老伴在一起，度過了不少歡樂嘻笑的時光。我們也談過去，他們漫長的一輩子歷經了多少滄桑，多少的風風雨雨，受的苦、遭的罪都太多太多了，他們從無盡的災難中活了過來，但聽不到嘆息、哀怨，依然永遠的豁達，依然人老心不老，這種「笑迎人生坎坷」的處世態度是何等的境界啊！

▲ 2011 年 8 月 7 日，黃苗子在黃永玉家中作客，
　這是他最後一次走出北京城。背後的巨木書
　法，是他 86 歲時書寫的詩經詩句。（李輝攝）
▶ 2004 年 12 月，黃苗子和郁風在香港出席黃
　永玉畫展的開幕式。（李輝攝）
▼ 2004 年 11 月，黃苗子（左）與相知相契的
　名畫家黃永玉。（李輝攝）

　　　　　　　　　　　　　　　　　　　　　　　故人故事

二○○四年是他們的鑽石婚，聽說去了玉龍雪山，但因身體欠佳未能登高，實屬遺憾。為創作《玉龍第三國——納西情死》，九六年，我去過雲南作田野調查。 玉龍第三國是納西族殉情者嚮往的死後理想樂園，來到這個充滿了愛的自然淨土，人間一切的惡濁、世俗的憤懣皆可擺脫。

我在游巫（情死）一幕中寫道：「僅僅裹著白氈毯的哥和妹相偎相依著，呼喚聲，悠悠地由遠方飄至：三國是樂園！三國是樂園！…… 無黑，無恨，無惡，無苦，無憂，無夜，無驚，無慮，無災，無淚，無病，無憤，無恐，無痛，無難，無煩，無懼，無愁，無仇，無臭，無……」

得悉黃苗子在二○一二年元旦時笑說：「我該做的事都做完了。」那就無牽無掛的走吧！在白風吹樂、白雲纏腰的第三國，披著白氈毯，摟著你的妹——郁風姐。多好，多美啊！

2012年1月13日

高信疆

1944-2009

生於西安，文化學院新聞系畢業。1973年
任《中國時報》人間副刊主編，以廣闊深
邃的文化視野與細膩前瞻的企劃執行力，
無論在內容規畫與版面設計都注入了創新
與實驗元素，將傳統純文學的副刊擴展至
舞蹈、繪畫、雕塑、音樂等領域，又將觸
角深入民間，擴大媒體的社會參與和深度
報導。曾任《中國時報》副總編輯、《時
報周刊》總編輯、時報出版總編輯、《中
時晚報》社長。八〇年代曾與陳映真合辦
《人間雜誌》。1996年轉往香港發展，擔
任《明報》集團總編，2001年參與《京萃
周刊》的創辦並擔任顧問。

高信疆（左）在北京參觀于彭的展
覽。（韓湘寧攝）

夕陽無限好

——君子信疆

　　初次邂逅高信疆先生是在一九八九年，那年秋天第一次回台灣在國家劇院獨舞演出，主辦單位是「新象」的許博允先生，他邀集了很多文化界人士來看表演。他稱高信疆「高公」，是他的朋友。「高公」是台灣「文化界的舵手」，曾引發鄉土文學的論戰、推動報導文學之濫觴；七〇年代主編中國時報「人間」副刊，創造了副刊的輝煌時代。我七〇年離開台灣，錯過了「人間」的盛世，但他的大名耳熟能詳。相談之下知道他辭去《中時晚報》社長的職務，毅然決然投入花蓮慈濟。高信疆編輯證嚴法師的《靜思語》，同時還替慈濟護專的校歌寫詞。夫婦倆以志工身份花了五個多月時間，參與慈善活動。文化界響噹噹的人物出面做善事，引起社會巨大的迴響，也留下佛教界的一段佳話。他曾說：很為慈濟的精神感動，證嚴法師的智慧引領無數人走過人生逆境，也造福無數的人和家庭。他約我有機會一起去花蓮看看，那是我闊別台灣十九年後第一次返台，因為要做巡演日程排不上。

　　九三年，我應邀在國家劇院演出高行健的詩歌舞蹈劇《聲聲慢變奏——取李清照詞意》，演出後他和夫人柯元馨留下來打招呼致意，那晚李行導演夫婦也在，大家相見甚歡；那次在台北演出十場，白天沒事就和高信疆相約在他的辦公室見面。當時他正籌備創刊一本風格高調的藝術雜誌，他逐頁地翻給我看精美的設計，滿腔熱忱的描繪籌辦藝術雜誌的理

1982年，江青舞蹈團演出《……由始》，把朱銘的「太極」木雕搬上了舞台。（柯錫杰攝）

念和前景。印象最深的是：他有很高的文化品味和獨特的鑑賞力，對本土的、傳統的、現代的藝術都有過人的視野。他又談到如何發掘雕塑家朱銘這位民間藝人，並在「人間」副刊上大作文章；我則談「江青舞蹈團」是怎樣在八二年把朱銘的八座「太極陣」木雕，搬上紐約的舞台，演出了我創作的《……由始》。我們也聊在文藝界共通的朋友們，談得最多的則屬李敖。李敖七六年出獄，台灣還處於黨禁報禁的年代，但高信疆甘冒風險極具膽識的在副刊上大篇幅的刊載李敖出獄後的第一篇長文〈獨白下的傳統〉。李敖也是我六〇年代在電影界結交的老友，他的風風雨雨沸沸揚揚我們心裡都有一本賬：賣牛肉麵、文星、胡茵夢、入獄……。

　　再見信疆是九六年，那年一月他出任香港「明報集團」企業總策劃兼董事會主席，朋友們著實都替他高興，在淡出了一段時日後，可以擁有一個大展身手的舞台。而九六年我構思、編劇兼導演編舞的歌舞儀式劇《玉龍第三國──納西情死》準備在香港大會堂由「香港舞蹈團」演出。那年，為了此劇的籌劃及排演，有好長一段時間住在香港大學柏立基學院，因此與他有了不少接觸的機會。他是位文化氣質出眾的媒體人，對這齣完全原創的劇作很感興趣，加上初到香港，希望和老朋友們多接觸，在香港開展一個新的天地。他來劇場看綵排帶著極大的好奇心，休息時我們海闊天空的神聊，他也試著給原創的儀式劇出一堆鬼點子。但同時可以感受到他的那份寂寥，有一回，我們在楊世彭家中晚飯，大概是酒後吐真言吧，他對到香港工作有嚴重的「水土不服」：文化差異、語言隔閡，加上香港報業傳統與生態和台灣報業模式很不同。他雖有極大的志願，也是位不輕易表態的人，但那份失落感大家都可以感覺得到。九七年，他終於在管理和編務的夾擊下，拂袖而去。這位格局大、才情高、有領導魅力的將材頓失「戰場」，我和他的朋友們都惋惜不已。

　　興許是與信疆有緣吧！我在二〇〇〇年那段期間應張藝謀導演之邀，

為了籌備廣西桂林大型實景歌劇《劉三姐》經常出入京城，信疆也在同年赴京參與由中國青年報主辦的《京萃周刊》的創辦及顧問工作。談到出版他永遠興致勃勃，走到哪裡就把熱忱帶到哪裡，他思路清晰，胸襟視野開闊，學養經驗豐富，又像當年辦「人間」那樣充滿了幹勁，認為文學要肩負推動社會的力量，文壇要有激盪和論戰，並集結一批思想獨特、個性鮮明的作家、學者以及各行各業的藝術家。我去過他的辦公室，覺得他像一塊磁石般，吸引了年輕的同事們。他的朋友李敖在《京萃周刊》不僅有「李敖專欄」定時寄稿，還寫了〈高信疆到大陸序〉給他加油打氣。老友許以祺雖是理工博士，但酷愛文藝，長居北京，醉心陶藝，高信疆看到他的「樂陶苑」和他辦的《陶藝家通訊》後，決定在《京萃周刊》闢「許仙品陶」專欄。許仙是吳祖光對許以祺的戲稱。他和信疆都覺得陶藝不僅是一門藝術，更是文化，可以廣泛深入生活的美感與細節。不過這年頭讀者不耐煩看文字，每週介紹一位陶藝家和他的作品，簡括地評述一番，圖文並茂更易吸引讀者。周刊持續一年，最後因報紙停刊而前功盡棄。可惜高信疆是個純粹的文化人，不是個好商人或經營者，中國已經成為唯利是圖、不講義氣和誠信的商業社會，沒有什麼空間留給這位風度翩翩、心懷理想的名士。

籌備《劉三姐》期間，我一直住在廣渠門外大街的外交公寓，住處頗為寬敞，來來回回多了也就和公寓管理處熟了，離京時，我可以把書籍資料和鍋碗瓢盆全留在公寓儲藏室中。信疆認為這是個好主意，有段時間也把家暫時安頓在外交公寓。

回想起來，有幾件事記憶猶新。高信疆的母親去世時，他為摯愛的母親編了一本文集《春風》，我在北京看到這樣一本用「心」書寫的追思紀念專輯，可以看到他們五位手足對偉大母親一生的崇敬。我也有一位偉大慈愛的母親，她的愛和教育影響了我們的人格和對理想的追求。信疆的孝

心令我感動萬分，相談之下才知原來他是遺腹子，父親生前最後的工作是將中原黃氾區的難民遷移至新疆，故而母親給他取名信疆。聽說他在八〇年代後期，曾陪伴母親以其父之名在老家捐助興建小學，汪道涵還為小學題字呢。

他在北京圈內人頭並不太熟，而我小時候在北京舞蹈學校上過六年學，文革後也經常在中國各地講學、演出，相形之下認識不少有意思的人。有展覽或演出甚麼的都希望能邀他同往，他不是沒興趣也不是沒時間，但卻一反平日磊落坦蕩的神情，老是有些猶疑不定的樣子。一次我邀他同去「人民藝術劇院」看林兆華導演的舞台劇，到劇場前他突然問：「哎！你準備怎麼樣介紹我？」啊?!我從來沒想過這個問題，隱然明白他的憂慮以及之所以為何猶疑不定了。心中不忍，於是跟他玩笑說：「放心吧，沒人會把你當成是我的男朋友，他們都是我的老友，習慣看我和不同的人出現，不管是男是女。」結果信疆卻一臉嚴肅的尋思說：「你就介紹我是前『香港明報集團』編務總裁或前『中時人間副刊』主編？」我說：這些老北京，對香港和台灣的文化界既無概念也沒興趣……正說著林兆華導演駕到，他和高行健以前在「人藝」是老搭檔，我靈機一動馬上介紹：「這位高信疆先生也是高行健的好朋友！」兩人熱情握手後，話題馬上轉到高行健身上。高信疆興致很高的告訴我們，二〇〇〇年高行健榮獲諾貝爾文學獎，不少朋友向他祝賀，還以為是他獲獎，因為兩人名字的譯音太相近了。高行健獲獎後赴台訪問，作為講義氣的朋友，高信疆專程從北京返台相會。

另外一位我極敬重的友人也姓高，他是普林斯頓大學中文系的高友工教授。友工跟我亦師亦友近四十年，文化和藝術上的修養高不可攀，他也是個地道的美食家，我常跟他開玩笑說，跟你在一起感覺自己是文盲。為了在紐約看表演，友工退休之前曾在我曼哈頓的公寓住過一陣子，信疆則

作品： 脸 （高18公分，1999）
作者： 蕭琼瑶 Joanna Chien （台湾）

　　这件作品获台湾国际金陶奖首奖，表现作者对植物喜爱的联想，品尝生活的辛辣，直接反映现今社会的注重表象、感官的影射。作品重视觉及情绪转移，以影射、暗偷、明示相互激荡，用幽默戏谑的方式表达。而在这肯后又只是虚无飘渺的空虚及不安定感。此作品制作精致，构图大胆，以白陶土上铅釉，首次烧1080度，二次烧釉上彩750度。

作品： 莲瓶 （高29公分，1998年）
作者： 李●克利夫 Cliff Lee （美国陶艺家）

　　李●克利夫来自中国，曾为中国传统陶艺家。在美国极力追求中国传统与现代艺术观念结合之路。按他自己的说法他现在寻得的新方向也是从他认为失败的作品中重新认识而得。作品使用传统拉坯、雕刻工艺以及青瓷釉还原高温烧成，也保留了传统中国瓷器的那份细致与精美。但不可否认在造型以及表达意思上的现代感。这件作品是一个结合传统与现代的范例，值得借鉴。

▲許以祺給《京萃周刊》寫的專欄
　「許仙品陶」。
▼高信疆（左）和老村（右）在許以
　祺的樂陶苑中。（許以祺提供）

夕陽無限好──君子信疆

對世間的文藝才情極為賞識且充滿敬意，他告訴我：「你不在紐約時曾去過你的公寓拜訪高教授。」他對這位高人推崇備至，常常關心的向我打聽友工的近況，友工聽聞信疆辭世的消息也很慨嘆：「這麼好的一個人，怎麼說走就走了呢，他還年輕啊！」

高信疆基本上還是較常與有台灣背景的文化人來往，許以祺做為會長，會通知在北京定居的「異鄉人」，每月到法國餐廳「浮士德」聚餐，他和信疆是老交情，怕他「寂寥」，總是不忘邀請。但信疆這位當年文壇風雲人物，在那不得志的年頭裡，卻選擇過隱者的生活，深居簡出不想跟不熟的人應酬。私底下我和以祺聊天，知道他的困境和徬徨，都歡惜他懷才不遇，千里馬找不到伯樂！

一次我剛到北京，打電話想問候許久不見的信疆，他說：「我人在山東威海，你等一等，有位朋友要和你說話。」原來他帶著韓湘寧去視察產業，湘寧本來要回大理，聽說我在乾脆隔天就和信疆一起來京，順便介紹我認識他的小女友。我請大家去東四的「孔乙己」晚餐，和以往任何時間或場合見到的信疆一樣：談吐溫文儒雅，外貌儀表出眾，衣著、髮式鮮亮整潔得體。那天偶然間看到他的名片，上面的頭銜是高級顧問，給商界企業當「顧問」？我一時有些反應不過來。表面上好像還不錯，飛來飛去的在全中國轉悠，但我卻感到這和他的專長才華似乎風馬牛不相干。據聞他幫一家地產商做一本自傳體書的企劃和編寫，起初企業家允諾事成之後將他現住的亞運村公寓相贈。但結果呢？這口說無憑的承諾，當然沒兌現。我三番五次的追問時，信疆都是以無可奈何的苦笑回應。

他也知道我在中國大陸屢屢吃悶虧的事。老同學「中國國家芭蕾舞團」團長趙汝衡請我創作《中國胡桃夾子》舞劇劇本，最後卻據為己有，對搞創作的人來講，就像生下孩子卻給人抱走；而《劉三姐》簽了合同也形同廢紙，白白工作兩年，當初請我的張導演也不聞不問。對世道人心的

演出高行健的詩劇《聲聲
慢變奏》。

高信疆在山東威海。（韓湘寧攝）

墮落，信疆老替我憤憤不平，但眼前中國大陸的形勢就是：權大勢大、財大氣粗的大環境。我和他都不算笨人，但這些年一而再地遭到這批所謂大陸文化菁英的巧取豪奪、背信棄義和耍弄羞辱，能不悲觀失望嗎？我被憋急了會寫公開信，雖然在大陸求天不應、告地無門，公開信也沒有地方敢登，怕得罪了上層、大腕，但我還是要藉文字披露真相，表達我的憤慨。但信疆不像我，他是君子，絕不會輕易顯露自己內心的委曲與絕望。得知他得了大腸癌，我猜想會不會與他長年心境惡劣又老憋在肚裡有關？

我曾問過他為甚麼不回台灣？他有深厚的祖國情懷，對台獨極為反感，認同的是一個文化的中國，超越任何黨派之上。我也曾問他為甚麼不把太座柯元馨接來北京？他說她的信仰在大陸是不被允許的……我們也知道他每天要用電話陪太太一起讀聖經。有一天正在閒聊，他突然神色慌張的說要走，就是因為陪讀聖經的時間不能耽擱。這一點到現在我還是不明白，他明明是個徹頭徹尾的無神論者，幾年前還入迷的打坐、幫慈濟證嚴法師。高信疆曾說過：他最快樂的日子是主編《靜思語》之時，不但讓他實踐了社會正義的媒體使命，也帶動啟發人心向上、向善的力量。私下問

高信疆與柯元馨伉儷。（韓湘寧攝）

過信仰的問題，他好像不願討論，大概是因為愛，滿了太太的心願？總之是家事罷。

去年在台北見到李敖，一下午幾乎都在談信疆這位駕鶴西歸的摯友，李敖說：「我在北大演講，當場點名讚美高信疆。」高信疆還是李敖和胡茵夢當年的證婚人。我告訴李敖：「在大陸和高信疆熟識的朋友知道你把信疆直接押到醫院診治，儘管檢查出來為時已晚，但節骨眼上能出錢出力的關照朋友，如今在大陸文化圈中成為美談。」李敖聽了也至為感慨。

信疆在二〇〇九年五月五日去世，我本想寫點甚麼，但比雷爾剛過世半年，心情悲痛無法下筆。再來，台灣對於他的紀念文章鋪天蓋地，都用「紙上風雲第一人」來形容他當年的雄風和在報界大破大立的將軍氣魄。現在想來他最後的歲月，尤其在北京艱辛的「抗戰」八年鮮為人知，我記下這一段，緬懷他的夕陽無限好之外，也希望讓愛戴和關心他的朋友們共同分享，瞭解他的這段時光。我和他真正的接觸是在一九九六至二〇〇六年，雖然這最後的這段歲月事業上並不太順遂，可以說是壯志未酬，但高信疆永遠要求自己以最佳的姿態面對他人。拜讀了許多和他在大陸時期有交往的朋友在他辭世後寫的感言和文章，要一一輯錄是不可能的，但我仍然摘錄作家老村文情並茂的紀念文，可見信疆身體力行對大陸年輕一代的影響。我和老村相識也是通過信疆，老村在〈懷念恩師——我心目中的高

信疆先生〉中寫到：

　　一個冬日的下午，在北京亞運村附近的一家咖啡館裡，夕陽的餘暉透過玻璃窗，落在高先生的臉上，飄在他銀白的髮絲上。這天下午，先生談興特別健旺。在即將流逝的靜穆的光線裡，說到當今文化畸形發展的現狀，先生突然淚水潸然。一時間，我亦跟著淚濕眼眶。中國文化的前途命運，是先生來到大陸以後，一直關注並至為擔憂的事情啊！

　　是的，從先生平日的言談，特別是他的為人做事的行為裡，我真切地感受到了，在大陸經歷文化毀棄的恐怖年代，而台灣——這座美麗的孤島，是怎樣卓有成效地為我們這個多災多難的民族，保留並延續了一條明晰可見的活生生的文化根脈。這條根脈，在高先生的身上，呈現得最為清晰，通過他的言談話語、他瑣碎的生活細節，像一縷清泉或者暖風一樣，被我們所見所感。也是從先生這裡，我還看到一個這樣的現象：一些海外的華裔文化學者，他們躲過了時代的殲殺，為我們保留下文化的種子。……所以在我看，先生來大陸，更大的意義其實在這裡，他不僅對我，而是對身邊的許多人，都是這樣，扮演著傳遞智慧與思想的聖者。……

　　在此摘錄或說借用老村文章中的這段話來歸納我的感言：
　　華裔舞蹈家江青女士，許多年前評價先生，說先生是一個真君子。我想，是的，用「君子」這個詞來評價先生，似乎比較確切。先生是一個真正的君子，是現代社會裡極其缺乏的異類——一個德與行能夠合一的人。作為君子，對於社會，對於人類文明，也許有大的意義。但是作為「君子」的個人，卻難說沒有大的生命遺憾……

　　我想終極說來就如信疆自己所言：「我是理想決定命運的人。」想到

他時音容並在，寫他的此刻，心中也充滿了緬懷和敬意。信疆和我在北京時的共同好友音樂家梁和平，不幸在今年端午節遭遇嚴重車禍，必須高位截癱。但他之前在北京的悼念會中作了這首歌——

再見了！高信疆先生

弦斷棄驕琴

君去少知音

一代賢士德歸去

天國鋪玉錦

九霄迎豪傑

上蒼收愛心

待到來世再相聚

人生又重品

我該再歌詠一遍：待到來世再相聚，人生又重品！

2012年7月17日初稿
8月6日二稿

董浩雲

1912-1982

寧波人，幼時移居上海讀書和創業，
後至香港發展，
白手起家成為航運業巨擘，
全盛時期擁有一支超過一百五十艘貨輪、
總載重量超過一千萬噸的船隊；
他是世界七大船王之一，
被譽為東方的「歐納西斯」。

1974 年在美國大西洋城,我幫董浩
雲先生領取他所製作的影片《伊利莎
伯皇后號》榮獲最佳紀錄片獎。左起
董浩雲、江青、頒獎者、Robert 宣。

最「平凡」的人——紀念董浩雲先生百年冥誕

最「平凡」的人

紀念董浩雲先生百年冥誕

　　一九七〇年我離開親人，隻身到美國洛杉磯。久居好萊塢的盧燕女士，以前在台灣的某次影展，和我有過一面之緣，她知道我人生地不熟的，怕我孤單，雖然事業家庭兩忙，也會趁空找機會約我小聚。就這樣，我在盧燕家中舉行的一次「羅安琪國劇社」的聚會中，認識了董浩雲先生。

　　盧燕的母親李桂芬女士是國劇社掌門人，以前是京劇界唱老生的名角，聽說當年還和梅蘭芳搭檔演過戲。談起梨園界的一些名人軼事總是津津樂道，興之所至也會清唱幾段；那天盧老太太也不例外，連唱帶比劃，神采飛揚。航運業鉅子董先生端著一杯茶，與大家一起欣賞、閒話家常，當時給我的印象是位和藹可親十分平易近人的長者。後來，在洛杉磯的那一年中與董先生還見過幾次面，只因當時人生處於最低潮，對周遭的任何人和事都心不在焉。現在回想起來，依稀記得他興趣很廣泛，總喜歡隨身攜帶著小相機隨時隨地留影；也記得他背地裡對盧燕侍奉母親的孝心讚不絕口，他對我說：「你看她來美國幾十年了，還可以保存中國人的傳統美德——孝道，真正是勿容易啊！」董先生笑瞇瞇地用上海話講來，更見傳神。

　　七二年春，很幸運的在加州大學柏克萊分校找到專職教舞蹈的工作，於是搬到舊金山灣區居住。董先生的公司在舊金山有業務，一年要來灣區不少次。他的幼女Mary（董亦萍）在灣區的一所幼兒園任教，她恬靜而樸實無華，對父親體貼、敬愛有加。董先生極關心Mary的終身大事，對女兒

擇人標準發表了不少意見，也偶爾會突然用上海話提醒我：「下趟儂要小心點呵！」

　　他與當時在柏克萊任教的、別具威望的語言學家趙元任教授、數學家陳省身教授都有來往，我也與他們相識，因此董先生有時會約我同往作客。在與學者們的交談中，董先生謙虛而誠懇，使我覺察到他是位尊重人才、並且本身有著強烈求知慾的人，絕不是為了附庸風雅而與文人學者們應酬。這不禁令我對這位有抱負、理想的船王刮目相看。直至今日，我仍清晰地記得他走在柏克萊的山路上，邊走邊自在得意的哼唱著趙元任作曲、劉半農作詞的歌〈教我如何不想她〉──

　　天上飄著些微雲，
　　地上吹著些微風。
　　啊！
　　微風吹動了我頭髮，
　　教我如何不想她？

　　此曲一字不差的由他口中唱出，著實令我萬分驚訝，印象也極為深刻。
　　看到董先生最無拘無束的一次，是在張大千先生位於加州一號高速公

路旁、風景美不勝收的卡邁爾家中。大千先生是個老頑童,總喜歡用濃重的四川話叫我「西施姑娘」,因我曾在電影中飾西施一角。他性格豪爽,極其幽默,常發一針見血的人生妙語,故事成筐成籮,令人捧腹叫絕。每次去他家我總可以暫且忘憂,並大飽耳福、眼福、口福。那天董先生笑個不停,照片也拍個沒完,用他那架「古董」小相機,將張大千家中的美景:老松、竹林、假山、貓、美食,以及大千先生飄逸的美髯都一一攝入鏡底。在回程的路上,他還回味無窮的一再說:「今朝真開心呵!」再關心地補問:「儂你?」

為了追求我心目中確認的目標———現代舞創作,七三年夏天,我毅然放棄剛剛才穩定下來的生活,辭去柏克萊的教職,遷往素有「現代藝術中心」之稱的紐約定居。董先生知道後,有點替我擔心,曾苦口婆心的勸阻我打消此念,但我表白了我來美國並不是為了追求生活上的安逸之後,他便叮囑我:到紐約後盡早與他辦公室的負責人卓牟來先生聯絡,並把新通訊地址留給卓先生。

七三年,我一邊在紐約市立亨特大學舞蹈系教舞,一邊在紐約這個世界大都會如飢若渴地學習,觀摩各種流派的現代舞。一段時間後就躊躇滿志的希望能爭取到在紐約正式發表作品的機會。與董先生談了這個「心思」後,他讓卓先生出面,與有份量又資格老的紐約華美協進社商議,結果還請到了在華美協進社羽翼下的紐約中國民族樂團作現場伴奏,因而促成了我在當年秋天於紐約市會堂舉行公演,一千多人的會堂座無虛席。出乎預料的是,《紐約時報》(*New York Times*)和各主要報章都派了藝術專欄評論記者來看演出,對於我在紐約踏出嶄新人生的第一步評價頗高,給了我莫大的勇氣和信心;演出的結果也促成「江青舞蹈團」在紐約的創建。真不知自己當年竟會如此膽大包天,一個初到異鄉的中國女子,居然敢在紐約成立中國第一個現代舞團,正所謂「初生之犢不怕虎」吧!那年

▲獲獎後的慶功宴上，董浩雲先生欣
　慰之情溢於言表。
▼1982 年，攝於「宇宙學府」郵輪
　的晚宴上。右起江青、董浩雲、鋼
　琴家、歌唱家。

最「平凡」的人──紀念董浩雲先生百年冥誕

我二十七歲，大概還是自不量力的年紀。此後雖然備嘗艱辛，但更多的是創作時的苦中作樂，使我能一直堅持不懈的在紐約發展舞團。那段期間與董先生的交往有不少的「故事」，往事歷歷，記憶猶新。

七四年夏天，我突然接到董先生紐約辦公室的電話，要我在數日後飛往大西洋城（Atlantic City）替董先生領取他所製作的《伊利莎伯皇后號》影片獲得的最佳紀錄片獎。我當然非常替董先生高興，因為七二年由「伊利莎伯皇后號」改成的「海上學府」焚毀一事，令他大受打擊，一直耿耿於懷，其中的損失是無法用金錢來衡量的；它涵括了創業、歷史、抱負、遠景……。為了補償內心無法挽回的損失，也為了紀念這段往事，他極其認真投入拍攝這部紀錄片。但是，恰巧舞團那幾天有演出，而且我也覺得：自己並未參與這部影片卻上台領獎並不適當，因此就婉謝了。不料，沒隔多久就接到董先生不知從世界的哪個角落打來的電話，有點著急的說：「儂啥替勿能幫忙？難道儂要我自家上台領獎，去出洋相啊！」「為啥勿可以呢？」我也用上海話問。弄了半天，我才瞭解到他的傳統觀念仍然十分中國式的「古板」，電影圈屬娛樂界，他認為上台領獎是拋頭露面不成體統，而且他一貫不喜愛出風頭，作風低調，都令他「怯台」。我想董先生需要別人幫助的機會極少，且他平日一向慷慨大度熱心助人，希望照顧好他身邊的人，所以當下感到義不容辭。我答應他設法重新安排時間，最後，雖無法參加頒獎前的活動，但可以在頒獎典禮當天傍晚趕到。

拿到這個獎的那晚，董先生欣慰滿足之情溢於言表，捧著獎狀拍了許多照片。雖然在事業上，他贏得無數傲人的成就、名譽和勳章，開創了中國、亞洲和世界航運史上的多項第一，但這次的榮耀似乎對他在某方面具有特殊的意義，他覺得對這一不幸事件，總算有了一個比較圓滿的交代。那晚他一再地對我說：「良心上總算過得去了，這就是做人。」當然，這並不代表這件事就此畫上了句點，後來他的公司買了另外一艘「大西洋

號」（Atlantic），繼續「伊利莎伯皇后號」的使命，實踐他創立海上學府的終極目標，將之命名為「宇宙學府」。

頒獎的第二天，我和董先生由大西洋城同機回紐約，最難忘的是他那口皮箱：又老又舊，看得出歷經滄桑，四個角角和邊邊全磨損得泛白，箱子表面密密麻麻貼滿了航空公司的標籤，而且不止一層，根本沒有一丁點縫隙可以再貼了，像極了以前窮人家衣服補了又補，補丁上再加補丁，花花綠綠的讓人看得眼花撩亂。董先生得意的說：「儂看我這隻箱子靈光勿啊，老遠就可以看得見，容易尋到呀！」一時讓人慨嘆：多麼辛苦啊，得要奔波多少萬里的路程啊！

他公司裡負責陪同的Robert宣，事先跟我打招呼：「董先生的習慣，短途旅行一向乘坐經濟艙，請你多包涵。」董先生創業以克勤克儉著名，並絕對以身作則，公司同仁心服口服。上機之後，不知機組人員如何知曉他的「大人物」身份，請他移駕至頭等艙，但被董先生客氣的婉謝了。

在機上他談了不少自己對人生的看法和價值觀，也談到非常想把鄭和下西洋的故事拍成電影。我知道他是使中國航運業走向世界的第一人，因而享有「現代鄭和」的稱譽。他曾說過：「地球表面四分之三是海洋，我應該像鄭和那樣有雄心征服大海。」他一再對我說：「鄭和絕對是中國人的驕傲！」他認為鄭和率領船隊遠航非洲東海岸、征服印度洋，這些驚濤駭浪的故事，本身就很有戲劇性、也很有看頭；況且，鄭和的最後一次航行，要比義大利的哥倫布發現新大陸還要早上半個世紀，他為中國人成為世界航海事業的先導者而自豪不已。

他與瑪歌·芳婷這位世界頂級的英國皇家芭蕾舞團舞后私交甚篤，讚歎她：「除了美好非凡的藝術之外，更重要的是她具備了世界上的人最美的德行和最高尚的心靈。」他不厭其詳的講述瑪歌如何多年如一日的照料殘疾的丈夫，並能在公眾矚目之下處之泰然，擔當著護士的角色。他不勝

唏噓，不禁再三的用「勿得了！真正偉大！」這幾個字來形容她。我曾見過這位舞蹈女皇推著癱瘓在輪椅中的丈夫，到劇場來觀看演出：她熟練地不斷替丈夫擦拭流淌在嘴邊的口水，俯在耳邊為他唸節目單……。我在嘆息感動之餘，也對這位舞后更加的崇敬。那次同機聊天，也使我對董先生在評價人的標準上，有了新的認識和瞭解。

董先生對我最不能理解、同時也可能正是他最「欣賞」我之處，那便是我一往情深並鍥而不捨的在搞「賠錢」的舞蹈事業。

有一天，他到紐約來電話說，下班後想和卓先生一同到我舞蹈工作室兼居住的地方來看看。七四年，我搬到了租金便宜但面積相當大、由倉庫改建成的曼哈頓蘇荷區（SoHo）。當時那一帶鮮為人知，異常冷清，尤其是下班後街上昏黑、人跡稀少。當我乘著四周只有鐵欄圍住、得用手控制的老式貨梯下樓去接他們時，他們的臉上浮現出對於此區環境不安全的訝異表情，電梯開動時，左右擺動和哐哐噹噹的聲響更使他們心驚膽跳。一出電梯董先生便急著說：「一個女孩子怎麼能住這種危險的地方？你曉得嗎，這裡是紐約……」

而我正因為有了屬於自己的小天地，創作精力旺盛，正計畫將工作室改裝成可容納五十人左右的小型劇場，可作實驗性的演出，發表更多的作品。董先生聽了，以為我打的如意算盤是：有了劇場多演出便可以多賣票，藉此增加盈收。我跟他一五一十的分析，多發表新作品，諸如排練、音樂、服裝、道具等等，這些製作費用加總在一起，反而會增加開支，與微薄的票房收入完全不可能成正比，多演出表明就是多賠錢。他起先納悶，接著又替我著急起來：「你怎麼可以計畫做賠錢的事呢？明知故犯，還這麼起勁，這筆賬你是怎麼算的？我不理解……」

當時舞蹈創作對於我幾乎就等於是生活，那是一種極難向外人言傳的激情，我也刻意避免董先生誤會我有向他要求經濟贊助之意，因此沒有與

1977 年，參加第十五屆國際秋季
藝術節，在巴黎香榭麗舍劇場後
台。後排左起卓牟來、董浩雲、
江青，Tonia 蕭。

他繼續算我那一本賠錢的「賬」。董先生慨嘆起來：「從事表演藝術的艱辛我明白，你日子過的很淡泊、但很滿足我也理解，但你整天教舞、演出賺錢不辛苦嗎？而賺的錢又都倒貼在創作上了。我很佩服你追求理想的勇氣，但這個社會是現實的，人都是很勢利的……你不要糊里糊塗，應當學會保護自己。」我知道他是出於一種對朋友的關懷而給予的忠告。但「勢利」二字由他口中說出來，不免使我納悶起來，我不禁問道：「難道您也會感到現實社會中的勢利？我看到您周圍的人，對您只會講 yes！」結果，董先生給我上了一堂課，將他的一些看法和切身經驗分析給我聽。

　　談著談著不覺到了晚飯時間，似乎不招待客人禮貌不周，但臨時來客我毫無準備，於是建議他們如無其他應酬，不妨留下來吃我自製的韭菜豬

肉大餛飩，董先生說這種上海家常菜平時想吃難求，於是我算是作了一次小東。

　　其實為了實現他心中的理想，這種賠錢的「事業」，他自己也是一廂情願、滿懷信心和宏願地嘗試投入的。我見證的那次是八二年初春，董先生創辦的「宇宙學府」郵輪與匹茲堡大學合作，別具匠心的舉辦一個學術研討會，其中別出心裁的主題就是他本人的嗜好「中國文化藝術」。當年，我經常在各大學做中國舞蹈的介紹和示範演出，因此董先生盛情邀請我參加研討會。在船上放映幻燈片介紹舞蹈部分當然沒問題；但示範表演部分，我擔心郵輪在海上航行時不易控制重心，會有些困難，董先生要我見機行事。這是我第一次知道這所獨特的海上學府，所以對辦校的創立宗旨和課程的安排、師資的組成、學生的來源……都很感興趣。我驚異地發現，董先生對船上的教學模式等等都瞭若指掌，言談時滔滔不絕，一臉的得意滿足。記得他在研討會開幕的致詞中介紹了辦校的理念：「讀萬卷書不如行萬里路，周遊列國瞭解世界，促進人與人的溝通，以及各種不同文化間的互相瞭解……」結尾時還說：「在這所海上大學上學，整個世界便是校園，可以讓學生放眼世界，獲得更多的教益。如果能達到這個目的，就不負我的一番苦心了。」我想董先生除了深信具創意性的高等教育在當今社會的重要性之外，也藉此彌補青少年時未能如願以償的受教育的遺憾。

　　研討會進行的那兩天，加勒比海風和日麗，在我示範演出時風平浪靜，順利完成任務後我如釋重負，吹著海風欣賞海景之外，與參加研討會的其他人相談甚歡。董先生忙得不亦樂乎，他既不放心各會場的細節安排，又要照顧眾多的來賓，還需時刻注意時間的控制。總之事無巨細他都親自參與過問，隨時調整，重作安排。與此同時，公司裡的業務也不斷地通過電訊從世界各地湧來，需要他及時做決定處理。我實在佩服他精力充沛、日理萬機的能力和驚人的記憶力，他笑說這完全是晨間打坐所賜，清

晨能定下神來，整天再忙再緊張也可輕鬆應對。

　　整理資料時翻閱著老照片，見到董先生和南宮搏先生與「江青舞蹈團」全體成員的合影，使我回想起七八年秋天，我的舞團在香港參加亞洲藝術節演出時，他精心安排並親自接待整團的人到他的香島小築別墅午餐，並邀約了很多香港藝文界的朋友與我相識，希望不同領域的藝術家能彼此交流、聯繫；他身為大人物，卻有一種使人樂意親近的自然魅力。

　　最難忘的是一九七七年，「江青舞蹈團」第一次到歐洲巡迴演出，計算下來，演出酬勞難以支付全團八個人的機票、旅館、製作費和薪資。其中，在巴黎的演出是參加第十五屆國際秋季藝術節，於香榭麗舍劇場演出，這個機會對舞團十分重要，我不願意放棄。但經過努力依然一籌莫展的情況下，只好找卓先生幫忙，請他代為向董先生尋求贊助的可能。不久，董先生回到紐約，我硬著頭皮實情直說，這是我唯一的一次在經濟上與董先生打交道，心中的惶恐與不安可想而知。不久他就吩咐卓先生致電給公司相關的機構將贊助一事辦妥，讓舞團能夠如期的在歐洲巡演。

　　巴黎首演那晚，董先生邀請了一些朋友來看，還事先通知我，演出之後，他已為舞團安排了酒會宵夜慶祝。在海外尤其是在演出的旅途勞頓中，這種細心與周到，益發使我感到一份難得的溫暖，舞者們更是雀躍不已。回紐約後不久，我便收到一疊董先生那天演出後在後台拍攝的照片，更感念他對朋友的真摯。而董先生的善解與好心，我卻曾給他惹過大笑話，至今回想起這件事，仍深感歉疚不已。

　　一九七八年夏天，我和比雷爾旅行結婚，事後在紐約的家中開了香檳酒會，請至親好友熱鬧一番，算是慶祝。董先生看我有了歸宿，委實替我高興，但覺得沒有儀式和盛大的婚宴似乎說不過去，跟我嘀咕了幾次，覺得我處理人生大事形式上太隨便、太不講究了。數月之後，比雷爾赴日講學，之後，我們打算途經香港前往中國，因為比雷爾應邀在上海生化研究

所講學，我則想探望闊別多年的親人。董先生知道後，提議他在香港為我補請喜宴，並邀請香港我所有的至親好友前來參加。我當時覺得結婚是我和比雷爾兩人之間的事，張羅婚宴太費時間和精力，也太麻煩親友們，所以執意不允。結果，董先生只要求那天我們夫婦到場，其他的一概都不用我操心，並且安排我們在香港時住在他的「香島小築」別墅，婚宴也設在那裡。我被他的隆情盛意打動，已到了卻之不恭的地步，只好遵照他的意思辦。直到在東京上機時被海關擋駕，我才赫然發現在日本辦的香港入境簽證上日期弄錯了（當時我還沒有美國護照，拿的是無國籍旅行證件），年份一欄上提早了十年，明顯是筆誤，但一板一眼的日本海關，無論我如何求情兼評理都不肯放行，當然只能怪自己粗心大意。當天是週五，已過辦公時間，第二天又是個不上班的週末，而董先生為我們舉辦的盛會就在週日。比雷爾既未見過董先生，在香港也不認識任何人，我也無法和董先生取得聯繫，在無計可施的情況下，只能讓比雷爾先行。

結果，董先生親自去機場接機時，卻只有新郎一人，感到意外自然不在話下，但事出突然已無法改期，只好照舊舉行，別開生面的婚禮唯獨新娘缺席。使比雷爾感動的是，細心的主人知道比雷爾是瑞典人，怕男方遭到冷落，還請了許多在港的瑞典籍客人，但無論是主人或客人，比雷爾一概不相識。提起此事比雷爾總是說：「這是我一生中永誌難忘且最尷尬的一次經驗，但我更同情Mr. C. Y. Tung，他太好心了，大概把全香港的瑞典人全都請來，也不知道他是如何

董浩雲先生在香島小築別墅宴請「江青舞蹈團」後和全體團員合影。

向賓客解釋的,這個『玩笑』我們跟他開得實在是太大了點!」

幾天之後,我終於拿到簽證飛奔至港,但董先生已經出遠門了。幾個月後在紐約見到他,他並未責怪,只說道:「我知道你糊里糊塗的,但不知道你居然糊塗到這種地步,可惜你香港那些老朋友們想見你,結果卻沒見著。」

果然如此,九三年在台北慶祝「金馬三十」的盛會上,碰到電影界的老朋友們,凌波姐還對我抱怨當年我演的那齣令董先生啼笑皆非的喜劇——舉辦「沒有新娘的婚宴」。

一九八二年四月十五日,董先生突然的離開了這個世界,就在我上「宇宙學府」示範演出後不久,享年僅七十歲。猝不及防的訣別,我只能歎息這位有膽識有抱負的長者壯志未酬!

如今,董先生已走了整整三十年了,但他並沒有和我們「失散」,這些不受時間和距離的限制而保留下來的美好追憶,仍然如此生動、如此親切。

很多人會記得他事業上的**轟轟**烈烈,他在世界航運界顯赫的地位,他對社會、中國文化投注的熱情,做為實業家、社會活動家的豐功偉績……,我則一直願意當他是暫停著在休息,他的一生太操勞、太辛苦了。而令我最敬重並最為懷念的是:董先生有著極不平凡的一生,但始終把自己當作一個最「平凡」的人。

此時此刻,我在猞猁島的海邊寫這篇追憶文章,面對藍天大海不禁想哼唱:

天上飄著些微雲

海(地)上吹著些微風

啊～～

微風吹動了我頭髮,

教我如何不想他(她)?

補記

　　這篇文章的緣起，是董建平女士（董浩雲先生的大女兒）二〇〇二年主動和我聯絡要和我碰頭，我知道她愛好藝術，但彼此並不太熟，結果千轉百約都不得機會。那年正巧兩人同在北京，約了見面的時間，然後又不知是誰把地點搞錯了，還是沒能見上一面。後來終於有機會我去香港和她在她主持的「藝倡畫廊」附近的文華酒店喝下午茶。一碰頭，她就開門見山的告訴我：在整理父親的日記時，才知道我們有不少交往，希望我能寫一篇文章，放在《董浩雲的世界》一書中。早聽說她是出名的孝女，但當時董建華先生（董浩雲長子）是香港特別行政區第一任首長，又剛連任，且當時並沒有寫「故人故事」的計畫，生怕寫這樣一篇文章，會令大家感到唐突，也顧慮到：廣東話「托大腳」，意即普通話「拍馬」之嫌，猶豫之下，所以當場沒有一口應承。但Alice（建平）非常有心，把一些事情發生的年月日、具體的名字都幫我找齊全，我被她的誠心打動，也為了有感於她的孝心，動了筆，但下筆時刻意想把握好分寸、保持好距離，最後她的秘書還幫文章打了字。

　　書出版後，Alice馬上空郵寄來，再次見面時，她告訴我：「大家都說你的這篇寫的最好，知道我爸爸最欣賞有氣質的藝術家，如果才女型的你不寫，沒有人會知道他其他的一面。」我當然並非才女，但慶幸自己寫下了我所認識的董浩雲先生。

　　二〇〇八年秋，比雷爾去世後，也不知道為甚麼開始回憶過往，撰寫「故人故事」，這篇十年前寫的文章自然就納入了書目中。

　　二〇〇八年底去了香港，媽媽陪我散心，我陪媽媽探望家中的老朋友。體貼入微的Alice知道我人在香港，約我和母親在「香島小築」共進午飯。一到那裡百感交集，

2008 年 12 月在香島小築別墅中。
左起董建平，江巫惠淑，江青。

雖然那裡已經重新裝修過，但我仍然清楚記得我和比雷爾住過的那間房、用早飯的地方，豐盛的午飯後我們到花園中散步，Alice告訴我：「如果爸爸在世，他是絕對不會允許鋪張浪費把錢用在裝修上，你是知道他對自己是多麼的節儉。」「我見過董先生在紐約金融區中心華爾街廣場Pine街上蓋的大樓，大門口有他請楊英風先生塑的銅雕，在辦公室中，他自己吃個簡單的便當飯盒當午餐。」「你知道嗎？爸爸日記的最後一句話居然是：我要去趕地鐵了。哪年？何月？他學會搭乘大眾交通工具的？我真不懂——」Alice無限痛惜語帶哽咽的說。

在香島小築風景最好的位置上，面對寬闊的大海，設有董氏夫婦的靈位，董太太顧麗真女士我也見過，於是給這二位遠行的故人上香，拜一拜海上亡靈，祝願他們去了極樂世界！唉——真是前塵往事不堪回首！

再看十年前的舊作，好像寫下了「故事」，但缺少了一點近距離的感懷，也有意猶未盡和餘言未盡之憾。

今年是是董浩雲先生一百週年冥誕，離八二年他逝世也整整三十週年了，故而在今夏修潤並作了補記，聊表敬意和懷念。此外，也深惡痛絕當今權貴和貪吏們的豪奢腐敗、貪得無厭、不可一世……僅此記下董先生一生克勤、克己、克儉的作風和美德，在當下更富有意義。

2012年6月30日
原文〈最「平凡」的人〉，2002年收錄於《董浩雲的世界》

米娜·貝仁森
Mina Berensson, 1924-2004

翰竣克·貝仁森
Hendrik Berensson, 1923-2007

出生、成長於愛沙尼亞里加海灣的盧諾島，以務農、造船、打獵、捕魚維生。蘇聯佔領愛沙尼亞之後，他們夫婦和幾個村人一起歷經艱辛，駕船逃往瑞典，定居於森鉤島，自此開枝散葉、綿延後代。

故人故事

船在夜色中，背景即是猞猁島。

隔海近鄰
——翰竣克與米娜

　　比雷爾第一次邀我去猞猁島度假，介紹我認識了他的隔海近鄰米娜和翰竣克・貝仁森夫婦（Mina & Hendrik Berensson）。那是一九七六年的夏天，在森鉤島（Singo）剛停好車，要開船渡海前，比雷爾拉著我先去他們家。他們夫婦住在離海很近的小紅木屋中，四周種了許多五顏六色的花，一大塊菜園種了各種蔬菜和土豆，蘋果樹和櫻桃樹也結滿了果子。比雷爾介紹說：「這位是漁夫翰竣克，這位是漁夫的太太漁婦米娜。」漁夫馬上抽出腰間的鋒利小刀，在門口割了一枝肥大嬌艷的粉紅色月季花遞給我，大聲地說「歡迎！」而漁婦圓潤的臉上，像晴空一般爽朗，目不轉睛的盯著我，發出咯咯的笑聲。

　　比雷爾告訴我，貝仁森全家移民到瑞典的歷史：原來他們是波羅的海愛沙尼亞（Estonia）盧諾島（Ruhnu）上的居民，島嶼位於里加海灣（Gulf of Riga），歷史上（1621-1708年，正式講至1721年）此島屬瑞典領土，他們的語言是古老的瑞典語。據說，盧諾島居民最大的特點是能歌善舞，基本上是個農業手工業的社會，人口不多，大多自食其力自給自足，因此並沒有甚麼階層之分，也無階級觀點，彼此之間一視同仁。十九世紀初期，瑞典皇室成員到那裡視察，沒有盛大的歡迎儀式，也沒有島民爭睹皇家風采，結果這位流淌著皇室血脈的人，享受了一個普通平民的日常生活，樂不思蜀、留連忘返。

一九四四年德國戰敗，蘇聯重新佔領波羅的海三小國，合併成為蘇維埃聯邦共和國，貝仁森夫婦於是決定「逃亡」。在一個風高月黑的夜晚，一家人搭乘平日捕魚的自造木船，離開了故鄉盧諾島，駛往從未駐足的國度——瑞典。在大海上遇到狂風暴雨，小船的馬達完全停擺，結果連漂帶划，航行了三天三夜終於到達瑞典的哥特蘭島（Gotland）。瑞典當局把他們當難民收容，起先安排在哈蘭郡（Halland ）住下，翰竣克靠捕魚、修船、做木工，而米娜織地毯、鉤毛線等手工藝品出售，以維持家計。後來，翰竣克在斯德哥爾摩北面找到一份燈塔領航員的工作。安頓下來後，尋尋覓覓發現森鉤島和老家盧諾島的風貌、環境很相似：鄰近大海，魚藏豐富，加上樹多、花多、鳥多、野生動物多，連十八世紀建築的古老木質教堂都很神似，於是在六○年代末在海邊買了一塊地安定下來。從此，比

翰竣克和比雷爾之間有著數十年的兄弟情誼。

▲翰竣克和比雷爾打魚歸來,總把碼
　頭當手術台:刮魚鱗,清內臟,有
　的還去頭去皮做成生魚片。
▼翰竣克和比雷爾整理好漁獲之後,
　接著登場的就是令人目瞪口呆的海
　鷗清理手術台大戲。

▲翰竣克和比雷爾在碼頭清理漁獲，
　停在一旁的是翰竣克手製的木船。
▼比雷爾身後是猞猁島，我們在這裡
　度過了許多值得追憶的美好時光。

雷爾便成了貝仁森家族御用的「私人醫生」。

　　他們育有三兒一女，都是在島上長大的。我和他們認識時，兒女都已成家立業，各自在父母家的四周蓋了房子，一幢比一幢豪華，一幢比一幢景致好，相形之下，原本的小紅屋就顯得老舊得有些窘迫了。

　　我順著比雷爾手指的方向看去，離他們家海邊約三百米的地方，一座綠島矗立海上，它就是猞猁島。從森鉤島開小船五分鐘便到了猞猁島，一下船，比雷爾指著停在碼頭中的一艘長型木船跟我說：「你看這艘船造型多美，完全手工製的，看那手藝、那用料，這是翰竣克十多年前一個人親手造的。坐在木船上打魚聽水聲那才真是享受呢，和我們剛乘過的塑料船不可同日而語。」我對這些完全沒概念，問說：「難道浪打在船底的聲音不同嗎？」「喔──那當然啦！只有我們漁民，我和翰竣克才聽得出來。」比雷爾得意的說。「你不是做研究的醫學家嗎？怎麼這會兒成了漁民了？」我看著比雷爾手中拎著的沉甸甸的文件箱問。「到這裡我就是漁夫！」還特別加上一句：「絕對專業。」

　　那年夏天在猞猁島上生活，才明白比雷爾所謂的絕對專業是甚麼意思。每天中午十二點五十五分，海上氣象台詳細分區報導天氣、風向、風力……，不管我們是在吃飯，還是在做任何事情，時間一到，比雷爾一定停下來，把收音機打開，調高音量，專心一致的收聽報導；一聽完，立刻和翰竣克通電話，討論今天可以捕魚嗎？如果答案是yes，接著就分析該往哪個海域哪個點撒網，該用哪個型號的漁網……，還用放大鏡仔細察看攤開的海圖，並用鉛筆做上記號。傍晚時分，比雷爾到晾網的船屋中，把漁網有條不紊的放在幾個大筐中，帶上海圖、羅盤、幾個魚標，開了木船先到對岸接翰竣克，不必事先通話，一聽到馬達響了，翰竣克就會習以為常的從屋裡跑出來，迎向碼頭，剛巧船到人也到，翰竣克一躍而上，船就加速破浪而去，留下一道白花花的水路一溜白煙似的。

夏天，北歐的太陽熱辣，怕會曬壞剛打上來的魚，所以第二天清早，翰竣克便開著自己的船擺渡而來，兩人開了他造的那艘木船，出海收網。他們知道甚麼季節該打甚麼樣的魚，漁網在不同的海域該下多深，有時生怕算不準，就多撒幾個點，這樣就不會空手而歸。豐收時，光是將魚從網上一條條拿下來，再把網子整理好，就得花上大半天時間。天氣好時我常跟他們出海收網，清晨的海水粉藍粉藍的，水天一色，大部分時候，海平靜的像鏡子一般，天上的雲朵和群島都倒映在水中，吹著沁涼的海風，心中格外舒坦寧靜。

　　收網時，通常由翰竣克划船，比雷爾收網，把網拉起時還有許多注意事項：網和船要保持好角度，留意船行駛的速度，網子勾到異物時得馬上處理，感覺有大魚落網，為了預防牠浮出水面時掙脫，又該如何用撈魚的網罩守株待兔……，他們無需言語，必要時比幾個簡單的手勢，彼此就全都明白了。這都是長年積累的經驗，得有充份默契才能夠合作無間。

　　有一種很特別的捕魚方法，就是在風平浪靜的海上，把許多漁網圍成一個大圈，駕船在圈外來回不停的梭巡，同時用器具敲擊弄出響聲，被驚嚇的魚兒就會往圓圈內游，過一陣子把網慢慢收起，就像大網兜一樣，可以撈得許多魚。每次這麼做時，總想到大躍進時期，我在北京敲盆打鼓打麻雀的情景，講給翰竣克聽他也忍俊不止。

　　最令人難忘的是海鷗爭食的景象。翰竣克和比雷爾打漁歸來，總把碼頭當手術台：刮魚鱗，清內臟，有的還去頭去皮做成生魚片。清理時海鷗會陸續飛來，在碼頭四周的樹梢或大石頭佇足，有的就停在遠處水面上漂浮著，真不知怎會在這一眨眼的工夫，聚集如此多的觀眾，是誰通風報信的呢？此時海鷗全神貫注屏住氣息把注意力全集中在手術台上，當我們把清理好的魚放在桶裡提上岸，剎那間，群鷗紛紛騰空而起，黑壓壓的一大片在天空盤旋，接著幾隻膽大的打前哨作偵察，朝向目標——棄置的魚俯

米娜與翰竣克穿著傳統服飾參加
仲夏夜的狂歡節日。

兒子漢寧（右）、翰竣克的孫子
Markus 和大魚。

衝而下，在離目標最近時又向上拔起；這時會聽到唧唧呱呱的鳥叫聲，似
乎是給準備衝鋒陷陣者打氣。然後，總會有不怕死的先行者，俯衝下去用
尖嘴叼起一塊獵物，這就好比是發號施令般，所有的海鷗一哄而上，爭先
恐後的你搶我奪，你推我攘的全武行，像足了現實生活中的芸芸眾生。不
消太多時間就片甲不留，將棄置在碼頭上的鱗、臟、頭、骨收拾得乾乾淨
淨。第一次看到這畫面，確實把我震懾住了，眼裡看到的是海鷗，腦中浮
現的畫面卻是人。比雷爾見我目瞪口呆又不勝唏噓，直問怎麼了？我一時
語塞，晚飯時才告訴他我的觀感。

　　七○年代末的初冬時分，舞團在斯德哥爾摩演出，翰竣克和米娜盛裝
來看現代舞演出，第一次看到他們穿著一本正經的樣子，我反倒嚇了一

跳。當年來看現代舞演出的人，大都穿得吊兒郎當的，所以特別顯得他倆鶴立雞群。

演出結束後我們招待舞者到猞猁島小住，大家都感到新鮮有趣。瑞典秋後白天短暫，下午三點後基本上就天黑了，無法在戶外活動。比雷爾建議大家洗芬蘭桑拿浴，團員興奮至極，因為火爐不是用電加熱，而是用傳統的方法——燒木材。一走出桑拿浴室便是碼頭，可以直接跳下去游泳，他們沒有這種奇特經驗，個個躍躍欲試。偌大的桑拿浴室，燒熱起碼要一個多小時，等候時刻大家閒聊，有酒和飲料招待，男孩子輪流去添加柴火，越等情緒就越高漲。聽到一聲Ready！大家爭先恐後脫光衣服鑽入浴室。我屬於保守派，不好意思赤裸裸地加入少男少女的行列，留在廚房當後勤做飯。比雷爾在桑拿浴室中教他們「魔鬼浴」：把大勺水淋在滾燙的石頭上，石頭吱吱叫，人也被這沖天的熱氣燙得呱呱叫，好像活見鬼；還有「烤麵包」：把濃度啤酒倒在滾燙的石頭上，啤酒瞬間蒸發後，浴室裡瀰漫著新鮮出爐的麵包香氣。大伙在浴室裡嘰嘰喳喳開心的叫個不停，然後衝出浴室直接往水中跳，哪知波羅的海海水初冬時雖然還沒結冰，但冰涼透骨，跳下水的人被刺得鬼哭狼嚎般尖吼。我以為是出了甚麼意外，急忙往浴室奔去，結果遠遠就看到翰竣克上氣不接下氣的端著一把獵槍迎面衝過來，看到這群赤身露體的傢伙，頓時明白了，笑得直不起腰來。

比雷爾看到翰竣克衝鋒陷陣似的趕來捉拿盜匪的模樣，也笑出了眼淚。日後，翰竣克經常給來客講這段故事助興，越講越精彩，他有講故事的天份，每次都多添些油多加些醋，到最後，就只差講他緊張之下誤開槍差一點打死人囉！

他講話誇張眾人皆知——知道我和媽媽喜歡採野草莓，就要比雷爾對我們說：有個小島遠遠看過去是紅色的，我還沒反應過來，他又笑嘻嘻地補充說全是野草莓耶！起初我並不了解他講話誇張的「毛病」，居然信以

為真，恨不得馬上出發。次日，和媽媽一人提了一個大竹籃興高采烈準備出門，比雷爾很疑惑，問說：「提那麼大的籃子要幹嘛？」「不是說要採野莓嗎？」比雷爾和翰竣克互望一眼，比雷爾神祕地微笑，翰竣克則哈哈大笑。我沒在意，備足了野餐所需的食品上了船，足足開了半個多小時，比雷爾說就快到了。我開始東張西望尋找紅色的島，「哪裡？在哪裡啊？」我嘟囔著，但看到翰竣克的神色，就知道其中有詐。我們在一個綠色灌木叢覆蓋的無人小島上岸後，我和媽媽到處轉，最後只找到手心捧著的那幾顆。我們在風景絕佳四面環水的高地，享受了一頓豐美的野餐。然後，在原先要放野草莓的竹籃中盛了潔白的鵝卵石，才歡天喜地的滿載而歸。

翰竣克的勇敢也是眾所皆知，一九八七年仲夏夜的晚上，他駕船出海，途中見有人在海裡掙扎，於是奮不顧身地躍入海中將「大人魚」救起，果不其然是個在仲夏夜節日裡喝多了的酒鬼，在船上得意忘形一不小心落水，差一點真成了水鬼。當地的報紙、廣播都稱讚他見義勇為，後來這英勇事蹟還為他贏得了卡耐基獎章（the Carnegie medal）。

瑞典仲夏夜有狂歡的慶祝活動，下午兩三點就圍著搭高的「花柱架」歡唱瑞典民歌，有人伴奏，一起跳簡單繞圈的民間舞蹈。米娜和翰竣克一定會穿著傳統服飾參加，而且引吭高歌，跳得歡快而忘我，我們全家也會去湊熱鬧。後來我才聽說翰竣克當年也是拉小提琴的好手，常在這類場合表演，但一場工傷事故截去了他右手的兩個指頭，但他從沒在人前掉淚，也沒和任何人談起這段傷痛，一晚在爐火邊，他把心愛的小提琴默默的扔到了火膛中。他對自己會拉小提琴的事絕口不提，我和比雷爾也尊重他的「保留」，這或許是他一生中最為傷心的往事吧！

米娜讓人印象最為深刻的是講話既沒有逗號，也沒有句號，更沒有抑揚頓挫。懂瑞典語的人也不一定能完全聽得懂她講甚麼，老是一面講一

面咯咯笑，我常把
這種音調當作歡歌
笑語。她不只愛講
話，又極其勤勞、
極其熱心、極其好
客。她自己紡線，
或將舊布撕成細條
織成地毯，搓羊毛
織帽子、襪子、手
套、毛衣，然後整

在「紅色野草莓」島上，翰竣
克左擁右抱我們母女。

大包拿到夏季的手工藝市集上，與翰竣克做的各色木製器具（大的如水
桶、小的如抹牛油的小刀）一起販售，有些還刻了花或鑲嵌上自然形成的
有色木料。我們家有一大堆他們的傑作，大都是好心的比雷爾趁他們不在
時去市集上購得的，也有不少是逢年過節時他們送的禮物。

　　比雷爾知道翰竣克喜歡用有香味的木料做小玩意兒和燻魚時需用的木
材，砍到這類杉樹時就會堆放一邊給他留下。秋天，米娜採集了院子裡自
種的各種水果和周邊的野果，製成果醬和濃縮果汁供全家三代近二十來人
一年享用；翰竣克則忙著打獵：野豬、野鹿、野兔、野鴨，其中野鴨打的
最多，米娜燙水去毛後，把野鴨浸泡在牛奶中一整天去掉腥味，原來野鴨
是吃海中的魚長大的，有魚腥味，必須這樣處理才能入口。我一開始不知
道，紅燒的野鴨腥臊的無法入口，白白糟蹋了天物。

　　米娜還有「特異功能」，能夠找到水源，到現在我還是不明白她是如
何讓「奇蹟」發生的。一直以來島上都沒有淡水，已經打了幾口深井，無
奈都只能用來洗衣、沖廁、澆灌的半鹹淡的水，有的水還發黃。作飯和飲
用的淡水，得去對岸森鉤島貝仁森家用大塑膠罐取，年復一年實在很費

勁，也是我們感到頭疼的煩心事。

　　九五年，因為要擴建房子，想加大廚房、飯廳和露台。米娜自告奮勇提議由她來找水源，以前她也提過，但只相信科學不信「邪」的比雷爾全當成耳邊風沒多理會。眼前花了九牛二虎之力卻屢試屢敗，已經無計可施，於是接受提議讓米娜來顯「神通」。她選了一個風和日麗的日子，鄭重其事穿戴上盧諾島的民族服飾，梳洗乾淨來到猞猁島，手中握著呈大V字型的白樺樹枝，在我們的陪同下，肅穆地在島上巡行，她說有水源的地方，V字的尖處會像錐子般往地下鑽，好像是被地心牢牢的吸住，要拉都拉不住。我和比雷爾半信半疑的跟著她轉，正感到無戲可唱時，米娜高呼一聲——啊！呵呵，臉漲得通紅，正使出全身吃奶的力氣和枝幹拼搏，原來大功告成了！我們趕緊將寶地標上記號，不出多少日，鑽井機和技工們駕臨，沒往下鑽多深，水便如泉湧般。

　　這口井離主屋不遠，為了一勞永逸，我們決定往下深打兩百米，還安裝了手壓機，沒電需抽水時，用手壓幾下也唾手可得。這口井的水非常甘甜，每回喝到都會憶起米娜甜美可掬的笑容。

　　記得第一次冬天到島上時，海面結了冰，比雷爾問清楚翰竣克冰的厚度後，就要我和他一起從冰上走過去。夏天時還波濤滾滾的大海，眼下雖然冰天雪地，我還是不敢走過去，一心想打道回府。結果在翰竣克的建議下，我們三人腰上繫了繩子，拿著助爬的冰鑿，翰竣克在前，我跟著，比雷爾墊後，我踩著翰竣克在雪中的腳印，平安的到達彼岸。那年冬天，比雷爾和翰竣克在冰上鑿了洞將漁網放入，想吃魚時就把網拉上來，冬天的魚特別肥大且鮮美無比，我對煮湯、清蒸、紅燒、燒烤、煙燻、油炸、生吃、醃製無一不歡，所以每天都在冰上歡快地穿行拉網收魚，翰竣克和米娜在對岸看得一清二楚，他們老笑我：你就差要在冰上跳舞了，嘴巴饞得早把生死置之度外啦！

最使我不能忘懷、也是我母親最最懷念的日子，是每年的七月尾至八月初這段期間，我們會挑個天氣晴朗的日子，一家子乘坐翰竣克的木船遠行造訪近友派勒與瑪家麗特（Pelle and Margareta Olson）夫婦，這是幾十年的老規矩了，也是我們每年最盼望的日子，幾乎可以用翹首以待來形容。有時翰竣克和米娜同行，派勒是比雷爾最親密的大學同學，當然也成了他們夫婦的老友。如果和他們一起去探訪的話，米娜一定會準備好一大堆毛毯墊在艙底，她告訴我就像當年他們離開故鄉盧諾島駛向從未去

這是全世界最美的仙境——
葦陡運河。

過的國度一般，因為船沒有篷，海風迎面吹來，特別是晚上挺涼的。坐在船底吹不到風之外，躺著聽船底的拍浪聲也是一大享受。船駛出後，途經一連串的群島，過了格立斯里翰擺渡（Grisslehamms Farjelage），就到了遼闊的海面，那時就可以加足馬力在波羅的海上乘風破浪了；然而，到了愛慕斯塔（Almsta）的大橋前，速度得降至不超過五海哩，然後進入我認為是全世界最美的葦陡運河（Vaddo canal）。此運河尾端在森鈎島以北方向，始端離斯德哥爾摩約一小時的車程，全長六十里。葦陡運河是一八二〇年至一八四〇年間由瑞典軍隊開鑿而成的，河床很深，主要目的是避開波羅的海海上的強風，海軍可以由內陸走運河直通到波羅的海。直至一八五五年才開始有汽船航行，作為公共交通工具，但一九五〇年之後，由於陸路交通便捷，不再有船公司願意營運，只有私家遊艇和租賃的度假船運行。雖說是運河，但更像是一條大溪流，兩岸鳥聲啼不住，抑揚頓挫此起彼落；五色繽紛的野花到處都是：沿著溪流，夾在草叢間，插在石縫裡……；河堤大石頭上覆蓋了斑駁的苔蘚；遠處的森林鬱鬱蔥蔥，居民的木屋點綴其中，看上去像是童話世界；沿岸的大樹參天，就像特意為運河而建的綠屋頂，一片蒼翠，更顯安祥；透過綠蔭往外看，一抹藍天上飄捲著雲，偶有飛鳥掠過，水面也會碰到成雙成對的白天鵝和領著一群小野鴨的夫妻，蝴蝶翩翩起舞……浪漫至極；有時開著開著真的是山窮水盡疑無路，船順水拐個彎又是柳暗花明又一村了！所有的船駛入這條仙徑，都開得極其緩慢，都想好好地享受大自然的美好，大飽眼福、耳福。我總不捨得這麼快就到達目的地，希望就這樣永遠地一直走下去、漂下去、蕩下去、醉下去……。

派勒與瑪格麗特夫婦也永遠會備好冰鎮的香檳酒和可口的點心，提著大竹籃到運河邊、離他們家最近的一處來迎賓，當然他們的大狗潔斯卡（Jaska）也會相伴守候，船還沒靠岸，牠就等不及的撲跳到水中，用汪汪

　　　　　　　　　　　　　　　　　　　　　故人故事

聲表達了牠和主人對賓客的熱烈歡迎！

　　和最親密的朋友聊天、喝酒、吃飯、歡聚一堂，是人生一大樂事，每次我們都要等到天色昏暗才打道回府。夏季的瑞典幾乎全是白晝，十一點以後才會淡黑那麼一小會兒，約莫兩個小時後，就又開始泛白了。我們喜歡在夜深人靜時待在水上的感覺：聽海水嘩嘩地在下面流淌，震盪著、拍打著岸邊，月亮、星星在天邊高高掛起，吹著清涼呼嘯的晚風，在星月的銀光下，夜晚的海水變得黑壓壓的，我在夜色的海水上輕輕漂浮，夜浪把人捲進它的波動中……傾聽大自然天籟之聲，海天之間，幽暗之中，心中甜滋滋地溢滿了幸福感，但又有點想流淚。

　　啊——如夢似幻之際好像沉靜到一個「無」的世界中。

　　我們和這對隔海近鄰度過了許多值得追憶的美好時光，彼此在生活上的關係太密切、太重要了。尤其是比雷爾和翰竣克之間，近來想到這特殊的情誼，讓我體悟出：科研是在探尋未知，而打漁何嘗不是在尋找未知呢？「賭博」的心態竟如此貼近。不同的是：一個在科學的汪洋中撈打，一個在自然的大海中打撈。

　　翰竣克的生日是八月四日，和我們結婚的日子是同一天，又是在盛夏時分，所以都會一起慶祝。記得翰竣克過七十大壽時，我們的賀禮是邀請他去紐約玩，他的兒女都豔羨不已。但翰竣克堅決不允，說他最怕人多、車多，上劇院、下館子、逛街、參觀博物館，他一概沒興趣，情願安靜的待在他後來買的較為荒僻的崎特咯拉（Kittelorarna）小島上，好躲避米娜的「噪音」。米娜聽後狠狠地回瞪了他一眼，我們奈何他不得。

　　比雷爾常感慨萬千的對我說：「我覺得翰竣克是這個世界上最有智慧的人……做人處事不卑不亢，雖然他誇口：一輩子沒看過一本書，卻可以講那麼多有趣的故事；沒有上過多少學，卻會畫畫、時論政治，分析法西斯、共產主義的本質……也許他一輩子面對詭譎無窮的大海，近距離的觀

察大自然，體驗生活中的點點滴滴，是最好的生命教材、最最重要的老師吧！」

這一對滿懷愛意卻老是鬥嘴的伴侶，數年前相繼去世了。漁婦米娜二〇〇四年先走一步，漁夫悲泣不能自已，就像失去親娘的孩子。之後，翰竣克的身體每況愈下，我們常帶著他平日喜歡的酒菜，到老人中心去探望他，但他對生活已經失去了想望，就這樣沉浸在失憶的寂寞中。二〇〇七年，就像船尾留下的那道白花花的水路，一溜白煙似的在世上消失了。

他們夫婦的葬禮都在森鉤島上和老家盧諾島神似的小教堂中舉行。教堂後面是打理齊整的墓地，長途汽車的終點站就在森鉤島教堂，我等車時經常有意早點去，可以看望他們，回憶一同度過的美好時光，耳畔也經常響起這首和他們在一起、尤其是仲夏夜節慶時唱的歌：

和最親密的朋友聊天、喝酒，是
人生一大樂事。左起：瑪格麗特、
江青、比雷爾、派勒。

滿杯喝，連歌一起喝個醉，來來來，喝個醉！

滿杯喝，連歌一起喝個醉，

誰要不喝一滿杯，

我連半杯也不給，

滿杯喝！

連歌一起喝個醉！

（萬之／譯）

　　想到漢寧初上托兒所時，老師要小朋友表演熟悉的兒歌，他表演的就是這首歌，為此老師特來做家庭訪問，害得我們尷尬不已，啼笑皆非。

　　翰竣克走後，比雷爾對打漁的興趣也漸漸淡了，沒有了「玩伴」提不起勁來。翰竣克走後的第二年秋天，比雷爾也辭世了。我把「紅色野草莓」島上採集到的潔白鵝卵石，從猞猁島搬了一些到他的墓地上；每年在葦陡運河堤岸邊迎接我們的狗兒潔斯卡也早已失聲；上百個漁網寂寥地晾掛在船屋中，看似了無生氣……。

　　翰竣克造的木船也靜寂地躺在那裡好幾年了，沒人維修早已不敷使用。時光無情，往昔不在，和翰竣克的兒子們商量，也許把那艘木船一鋸為二，一半立放在猞猁島的碼頭旁，一半則放在森鉤島的碼頭旁，應是最佳的選擇。船碑象徵了比雷爾和翰竣克「兄弟」般不渝的情誼！

2012年6月11日一稿
7月4日二稿

影人影事

胡金銓

1932-1997

出生於北京書香門第，日後成為武俠電影
的一代宗師。1950年移居香港，曾任校對、
廣告畫師、演員、副導等職，1966年胡金
銓導演的《大醉俠》令人耳目一新，為華
語影壇開創嶄新的風格。1967年執導的《龍
門客棧》不僅贏得票房、口碑，其後的《俠
女》更將「武俠」推至另一高峰，對於當
時年輕的徐克與李安的武俠電影夢影響至
深。《俠女》並獲得第二十八屆坎城影展
最高技術委員會大獎，讓胡金銓一夕成名，
成為國際知名導演。

除了拍電影之外，胡金銓博學多才、涉獵
豐富，對於老舍的研究亦非常深入，著有
《老舍和他的作品》。

胡金銓工作時不謹態度認真，
對任何細節極為考究，且事事
要求完美。（台灣電影資料館
提供）

寄往天上的信——收件人胡金銓老師 153

寄往天上的信

──收件人胡金銓老師

胡老師：

　　一晃眼很多年過去了，每當和佩佩見面總要談到您。

　　我仍然時常住在紐約，每當經過501 Lexington Ave. 近47街，看到Hotel Roger Smith時，都會不由自主的憶起您，憶起那段在您生命中重要的一段往事。

　　那是好久好久以前的事了。一九七七年您來紐約，到哥倫比亞大學不是講電影而是談您的老舍研究，這是您一向感興趣的話題，在我的印象中，您對這一課題的熱情絕不亞於電影。

　　我在老頑童夏志清教授的家中，聽您高談老舍的《四世同堂》，又在王浩、陳幼石家中聽您和Young Stone（您和夏志清都喜歡如此稱呼幼石）辯論茅盾。幼石的雄辯在美國漢學界中遠近聞名，您哪裡是我這位好友的對手，到現在我還記得您氣急敗壞大汗淋漓的模樣，而我則在一旁偷笑，胡大導演居然也有敗退的時候。

　　後來，於梨華打電話給我，打聽您是否仍在紐約？有沒有可能到紐約州立大學奧本尼分校中文系演講，而且特別說明是替系主任鍾玲女士打給我的，因系裡經費不足，只能付微薄的車馬費。您一聽說就興高采烈的答應了。還說：錢不錢都無所謂。現在回想起來，這不就是您一輩子做人的「脾氣」嗎？到後來您一切的不順暢、不得意等等，不也都和這「脾氣」

有關嗎？

　　您還記不記得到了奧本尼的三天後，您就給了我一通電話說：「小青，我不走了！」到現在都還記得您興奮的如中頭彩，但一時之間您說也說不清楚。總之，我知道您是墜入愛河了，對象是我並不相識的女博士鍾玲。記得我開玩笑說您有博士情結，所以一見鍾情。於梨華也打來跟我說：「哎呀！我當了大電燈泡你知道嗎？系裡沒有錢租旅館招待大導演，只能住在系主任鍾玲家，鍾玲感到不方便，要我搬過去作伴，我帶了睡衣

胡導演和鍾玲在紐約的訂婚宴上。
左二起：江青、李麗華、鍾玲、喬宏、胡金銓、李湄和嚴俊。

去，哪知道……」我和於梨華在電話兩頭驚呼小叫加大笑，當時我真的替您高興呢！

　　幾天後我們在紐約相見，您開誠佈公告訴我您的難處，您打算在紐約住下來追鍾玲，但旅館費難以負擔。怎麼辦？您也知道我在搞賺不了錢的現代舞，愛莫能助，但我馬上想到了當時還是我男友的比雷爾（Birger），他有一套長期租用的公寓在Hotel Roger Smith裡面，這個老好人，我一提朋友有急需要用，他就不加思索的答應讓出來。當然他不是您的影迷，我想他從來沒有看過您的電影，就像他一輩子從來都沒看過我演的電影一樣。

　　不得不告訴您：Birger兩年前也走了，也許現在你們會見到？我希望！他只知道您的名字叫King Hu，您老是叫他Burger（漢堡包），而他對

1963年，我在邵氏南國演員訓練班時期，拍攝胡金銓導演的《玉堂春》，在片中飾演酒家女。

美國通俗文化最反感，所以我依然清晰記得當年他迫不急待的教您唸他的名字。Birger的瑞典名，正確發音該是Beer ear（啤酒耳朵），切記！得連在一起唸才行。

　　您的訂婚酒席安排在中國城的餐館中，近來整理舊照時又看到了，您看，我還保存得好好的呢！記得比雷爾因工作回了瑞典沒能參加，但住在附近的電影界老朋友全來了，瞧！大家為您笑得多開心啊！您和外表弱不禁風的鍾玲也笑得如此甜蜜，可是後來你們……，還有如今這張相片上的嚴俊大哥、李湄姐、喬宏和您都不在了。回首

前塵，尤感世事不勝悲，怎不叫人黯然神傷！

一九六三年，我還是「邵氏南國演員訓練班」第二期學員時，您拍《玉堂春》，其中一場戲，需要幾位賣唱又賣笑的酒家女，同期同學李國瑛（李菁）、倪芳凝（方盈）和我都同時被選上。慚愧的很，我至今還沒有看過這部電影，但聽說是這部影片將我們三人幾乎同時帶上了後來的銀色天涯。我當時還是南國學員，所以要叫您胡老師。

記得您最喜歡聽倪芳凝的京片子，故而給她取了外號「小北京」，以後我們也都這樣跟著您叫她，叫了她一輩子。如今「小北京」也走了，你們又可以在一起用道地的京片子天南地北的聊天了。

《玉堂春》之後，我們竟然沒有再一起工作過。我隨剛脫離香港邵氏的李翰祥導演新組的國聯公司去了台灣，您也差不多在這段時間去了台灣給聯邦電影公司拍戲。雖然是不同公司，但見面的機會倒是很多：一來您和小宋（宋存壽導演）以及李導演（李翰祥）是拜把兄弟；二來您的弟子鄭佩佩、梁樂華（岳華）、陳鴻烈都是我南國的同學兼好友，您對他們老是關愛有加，在台港有的是機會聚會；再有，當年您在台灣力捧的愛徒徐楓，家在台北時和我是近鄰。至今我還記得您要找我出去聊天吃飯什麼的，總是永遠不入我家門，而在門外高呼：「小青啊！我們在外面等你。」我知道您對我那段婚姻很不以為然，但絕口不提，採取的態度是顯然的。我們就這樣一直保持著亦師亦友的來往。

哦，突然想起來了，我們還差一點當了同院的近鄰呢！記得嗎？您、我、張沖、姚鳳磐四人在台北木柵溪邊合買了一塊農地，面積有多大如今已記不得了。計畫是各蓋各的獨棟房子，但院子可以合用，您需要在家中有影片剪接室，我需要在家中有練舞間。那時想的多美啊！院子裡要種什麼花、該栽些什麼樹，都在討論之中，還想建游泳池什麼的，前前後後拖了一陣子，都沒啟動。當然到後來我卻將一切拋在身後，一無所有的不辭而別，遠去美國。

1967年的《龍門客棧》為華語電
影開創了前所未有的新局。（台
灣電影資料館提供）

拍攝《大醉俠》時胡導演事必躬
親，對影片的各個環節都有獨到
的詮釋。圖為他指導鄭佩佩演
出。

寄往天上的信——收件人胡金銓老師   159

寫到這裡突然意識到，當年要合夥的小院中人，如今只剩下我一個，你們三人都先後離去了，現在想來僅僅是在轉瞬之間，真的是來去匆匆，朋友聚散也匆匆嗎？

　　九三年，我們到台灣參加金馬獎三十週年慶典活動後，都去了香港，又不約而同住在香港大學柏立基學院。那時我們已有很多年沒見面了。您已離婚搬到洛杉磯定居，我仍然東奔西跑的，但基本上家在瑞典，待在歐洲的時間多，所以是個難能可貴的機會，可以在千里迢迢的東方重逢。

　　李大王（李翰祥）約了您和我到金鐘的一個酒店大廳相聚，我們住在一處，也就結伴赴約。他當時希望我客串演出他要開拍的新片中的一個角色，在北京時已跟我談過。好像你們哥倆也多年沒見了，要談的可商議的事都多著呢。

　　我們都很珍惜能再相聚的時光，但怎麼就會扯到歌劇《圖蘭朵》上去了呢？唉，真是的！那天我真不該惹您不高興，如果那天我懂事些，多體諒您些，不必爭一時之「氣」就好了！也許該怪我？還是該怪我們都多喝了幾杯？您意氣風發的高談闊論當年卡拉揚找您執導《圖蘭朵》的事，其實讓您高興「過癮」就好，我應當像從前一樣當個小學生，當個忠實的聽眾，聽您滔滔不絕，那不就沒事了？那時期您難得興致高，我為什麼偏偏要給您潑冷水掃您興呢？

　　說起《圖蘭朵》，我在八〇年代後期和九〇年代初期，先在紐約大都會歌劇院任編舞，後來又在瑞典和波蘭擔任此劇的導演和編舞工作，對故事、音樂、結構都有自己的見解。所以在談到自己熟悉的內容時，不免和您有些地方「意見相左」，對您的說法提出許多異議。大概您還是把我當成當年《玉堂春》中的小姑娘了，不允許我「目無尊長」；還是因為您那幾年心情鬱悶，處在低潮深谷中，事事都不如意，故而特別敏感，發作而成？一切的一切現在都無法知曉，一切的一切也都成過去了……。

　　還記得那天，面對兩位我年少時的「大王」（認識您倆時我才十七

金馬三十，老友歡聚台北。左起：王戎、李
昆、江青、凌波、胡金銓、李翰祥、張翠
英、金漢、趙雷、朱牧、秦祥林。

歲），我不得不落荒而逃，我開玩笑似的對翰祥說：「您大材小用。」婉謝
了他的片約，和您也不了了之的留下了「尾巴」。那麼難能可貴的一頓飯
局，結果被我搞得一團糟，沒有和你們一起享用就揚長而去，現在想來是我
千不該萬不該的，我哪裡知道那是我們最後的一次見面。唉！唉！唉！

　　冷若冰霜的中國公主圖蘭朵和義大利作曲家普契尼，本來和我們離得
就很遙遠，更何況《圖蘭朵》原本就不是一個中國的故事，那是《天方夜
譚》中的一節，真正是何苦來哉！

　　說起來恐怕您會笑我，我憶起您最多的，是您在廚房中得意的拍黃瓜
的模樣，您老是說這盤得意傑作是您的「絕活兒」。如今我還是那麼喜歡
吃，當然非下廚不可，但再做還是自愧不如，無論如何也無法趕上您的大
師水平，還有您做的豆腐，那樣樸實無華而津津有味。大概老師就永遠就
是老師！不管過去、現在和將來，我都會這樣敬重的稱呼您：胡老師！

小青
2011年春寄自紐約

張美瑤

1941-2012

生於南投埔里，1957 年報考玉峰演員訓練班，主演台語片《嘆煙花》、《阿三哥出馬》等片；當時正值台語片低潮，後經人引薦，擔任電台廣播員並任日曆女郎。1962 年，台製廠長龍芳見到日曆上清新脫俗的張美瑤，網羅為基本演員，主演國語片《吳鳳》，因片中美麗動人的原住民少女形象，引起影壇注目，成為當家花旦，被譽為「寶島玉女」。1963 年起至香港及日本演出，1970 年與柯俊雄結婚，婚後洗盡鉛華，這位六〇年代家喻戶曉的當紅影星於隔年息影。2001 年復出，參與《後山日先照》等多部電視劇演出，曾獲四次金鐘獎提名；2008 年獲頒第四十五屆金馬獎騎士勳章。

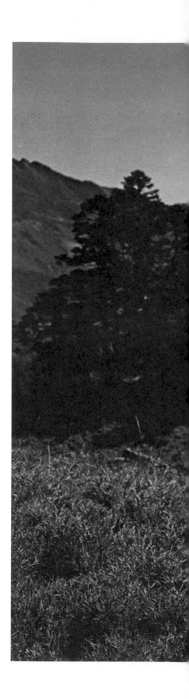

故人故事

1967年，楊文淦執導的《梨山春曉》，張美瑤飾演農家少女秀玉。（台灣電影資料館提供）

最美美瑤

　　我們最親愛的母親張美瑤女士，於民國一○一年四月一日安詳地離開
了人世……母親一生為人樸實，行事低調，不喜歡麻煩大家，所以我們遵
照母親的遺願，靜靜地送母親走完了最後一程。於今日在台北市立第一殯
儀館舉辦並完成家祭儀式……

　　這是美瑤的女兒懿珊和品吟在今年四月十一日發表的簡短聲明。

　　住在紐約的母親每天有買中文報紙的習慣，那天一看到美瑤往生的報
導，就馬上帶了報紙到我的住處，嘆了一口氣把報紙塞到我手中。打開一
看，映入眼簾的標題「台灣首席美女辭世」，耳邊聽到母親不勝唏噓地
說：「你看她多美啊！」一下子我眼眶濕潤了。

　　五十年前，六○年代在台灣從事電影工作風起雲湧的那段歲月，嘩的
一下又倒帶回來。

　　一九六三年初冬，我追隨李翰祥導演由香港飛到台灣。他創立的「國
聯影業」設立在台北市泉州街一號。一、二樓有各部門辦公室；樓下是頗
為寬敞的房間，讓我和也是由香港去的演員汪玲各用一間作為宿舍；後來
還在進大門口處加蓋了一個不大的攝影棚。但較大的內景還是在「台灣電
影製片廠」搭內景拍攝，台製離國聯是走路的短距離，而國聯創業作《七
仙女》，全部都是內景戲，因為香港邵氏也在搶拍《七仙女》，兩家公司

　　　　　　　　　　　　　　　　　　　　　　　　故人故事

隔岸熱火朝天的打對台。國聯日夜加班，加點趕工，我的生活基本上就在這兩點一線之間奔趕。

唯一例外是，因為國聯公司在台灣剛風風火火的成立，拍戲之外大張旗鼓搞宣傳，拜碼頭的活動、應酬也很多。台製和國聯好像結成拜把兄弟似的，任何這種場合幾乎都是台製龍芳廠長和國聯老闆李翰祥聯袂出席。生來就是美人胚子的台製首席演員張美瑤，和當年因飾演七仙女被媒體冠為國聯當家花旦的我，當然會一起在現場亮相，我當時的理解就是充當花瓶的角色。那年我十七歲，離開學校才一年，哪懂社交，不會沒話找話說，也不習慣出風頭。碰上美瑤正好跟我半斤八兩，她不聲不響不言不語，但一臉的溫柔羞澀，與容貌相比，她的神態更加吸引人。我們常常對看一下，說無奈也好，會心微笑也好，見面的機會雖很多，但幾乎很少交談。我看過她主演的第一部國語影片《吳鳳》，由卜萬蒼執導，王引飾吳鳳，美瑤扮演聰慧、天真、柔淑、美麗的台灣原住民少女薩妲蘭。知道在這之前她演過台語片，是龍芳廠長看到她在廣告公司的照

張美瑤在《吳鳳》中飾演聰慧美麗的原住民少女。

▲六〇年代，張美瑤紅遍影壇，被譽為「寶島玉女」。

◀永遠不聲不響、溫柔羞澀的張美瑤。（台灣電影資料館提供）

片，驚為天人，才找她簽約加入台製成為當家花旦。她比我年長五歲，在電影界又是我的前輩，就很自然的稱呼她美瑤姐。

我們沒有在同一個公司任職，也沒有在同一部電影中演過戲。但在六四年春天，台製和國聯準備合作拍攝《風塵三俠》，由高陽的原著小說《紅拂女》改編，由李翰祥導演。其中有一小場舞蹈，李導演要我擔任編舞指導工作，所以和美瑤姐算共事了一小段時間。現在回想起來，她一緊張手心就會出汗；我教舞她學舞，她還是不聲不響不言不語，秀麗而微往上挑的杏眼，張得圓圓大大的，心裡再著急也完全看不出來。不善於表達的她會說：「你摸摸我的手！」我一摸，柔軟熱呼呼的手心濕溜溜的，我

才知道她心裡有多著急。

　　碰到舞蹈的事我一向性子急，但對美瑤姐卻一點脾氣都沒有，她輕聲說：「你站在我前面，我跟著你練就是了，要慢點啊！」那樣的謙恭禮讓。她不光是人美，心更美，她太善良了，那麼自然體貼的替我這個「小老師」著想，我哪能跟她急性子呢！遺憾的是，最終片子沒有拍完就夭折了，我也再沒見過舞蹈這部分的毛片。近日在翻查台灣電影資料館給我寄來的照片圖錄時，才極其意外的發現，美瑤姐在六五年優良國語影片參展團體祝壽同樂會中，表演過電影《風塵三俠》中的舞蹈片斷。我不記得在現場觀賞那天她的演出，但此刻端詳她有模有樣的舞姿和嬌媚的神情時，我的眼眶又濕潤了。

　　一九六四年，國聯在國泰的支持下，正準備與台製及香港的電懋聯手，意氣風發的大幹一場，有要和當年密切合作的「台灣中影」以及「香港邵氏」打擂台的陣勢。

　　不料，一九六四年六月二十日，相關人等卻在台中縣神岡鄉飛機失事，空難改變了整裝待發的一切。以國泰機構總裁陸運濤先生為首的主將、台製的龍頭龍芳廠長、負責發行國聯影片的聯邦公司董事長夏維堂先生等電影界重要人物，同時罹難。而運大命大的李翰祥導演因忙於籌拍《西施》，分身乏術，而躲過了這一劫難，沒有奉陪到「底」。

　　那一陣子拍片工作完全停頓，每天赴追悼會、上殯儀館。還清楚記得美瑤姐像喪失了親人，頭戴白花，兩眼老是紅通通的，每天陪伴著龍太太一起出入。即使在完全不施脂粉的情形下，仔細看她仍然皮膚光滑，臉上輪廓是那麼的細緻、優雅。後來聽人說起：龍芳廠長遇難後，他辦公室的保險櫃打開時，裡面放的全都是美瑤姐的照片。龍太太默默無語，我一直不敢多問，再說美瑤姐也是那種從來不談心事的人，永遠不聲不響不言不語。

　　國聯和台製經過漫長艱辛的周旋努力，可謂一波又三折，最終，為了

張美瑤在優良國語影片參展團體祝壽同樂
會中，表演《風塵三俠》中由江青所編的
舞蹈片段。（台灣電影資料館提供）

當時台灣政治氛圍大環境的需要考量——勾踐臥薪嘗膽，勿忘雪恥復國。
決定維持原計畫，在繼任廠長楊樵先生的帶領下合作拍攝《西施》。

　　但由誰來飾演西施呢？我壓根沒操心過，想當然爾的應當由寶島玉女
張美瑤來飾演美人中的美人西施。結果，原不是由我擔當的角色卻落在了
我的頭上，這是萬萬沒想到的。後來才道聽塗說：演員的遴選耗時頗久，
龍頭和李大導為此有過爭執，最後，因為片中西施在夫差為她所建的館娃
宮響屧廊這場戲中，需要一段舞蹈，而舞蹈是我的專長，所以龍廠長做了
讓步。我從沒爭取過這個角色，記得李導演通知我時只說道：你可得用功
把西施演好啊！當時我心理上毫無準備，感到有些內疚，深怕美瑤姐不高
興，可又無從向她解釋清楚。最難得的是，為了宣傳鉅片《西施》，辦了
有獎徵答和徵文比賽，大明星美瑤姐還大大方方的給幸運的得獎人頒獎。
那時台灣的影視圈不大，我和美瑤姐還是會在這樣或那樣的影展或大大小

　　　　　　　　　　　　　　　　　　　　　　　　　故人故事

右起：張美瑤、第一屆中國小姐劉
秀嫚和穿著新疆舞服裝的江青。

小的活動中碰面，在這些場合中她永遠低調的微笑，一臉的溫柔羞澀。

　　當時聽說寶島玉女和由台語片轉入國語片的「柯桑」柯俊雄在拍《梨山春曉》時熱戀，但我那時已經結婚生子自顧不暇。一九七〇年夏天，我離台赴美前，已經好久沒有見到她了。

　　一九八九年，在我闊別台灣十九年後，至國家戲劇院舉辦獨舞晚會，之後還要在台灣全島巡迴演出，日程排的非常滿，基本上沒有機會主動和影視界的朋友聯絡會面。

　　直到九三年，金馬獎三十週年慶典時，才見到許多港台影視界的老朋友，然而唯獨沒現身影的就是美瑤姐，打聽之下才聽說：美瑤的人生只有一個角色——「柯桑」的妻子；每天廚房待命伺候公婆。找機會見到「柯桑」一面時，他行色匆匆答非所問。

　　十年後的二〇〇三年，因為「金馬四十」，我又去了台灣參加慶典。

倒不是因感嘆「見一次就少一次」而去的，而是漸漸感到人生無常，人近黃昏後，應當珍惜曾經擁有過的點點滴滴；現在的我也是那些涓涓滴滴匯聚而成的。雖然明知「相見也無事」，但藉此機會能和老相識舊夢重溫多相聚一次，也就是一次福氣！但卻仍然不見美瑤姐的蹤影，詢問之下才知她正忙著拍戲，抽不出身來。我有點反應不過來，七一年，她花樣年華三十歲，在事業如日中天、星光熠熠生輝的年代，婚後演完《再見阿郎》，不聲不響不言不語的便在影視界隱去，甘心在家洗手做羹湯。而相隔整整三十年後復出，難道是有甚麼難言之隱？

「我一定要去看看她。」事先並沒有通知她，想給美瑤姐一個意外的驚喜。隔天，知道她會上晚班拍電視連續劇，於是選在晚飯之後前去探班。到了現場，順著手指的方向看過去，她正在暗角中坐著，好像是在候場。我走到她面前時，她一眼便認出我來，但又不敢相信自己眼睛的模樣，張口結舌的一時語塞。她趕緊站起來緊緊握著我的雙手，我頓時又感覺到她柔軟、熱呼呼的手心濕溜溜的。

她立即把在片廠照顧她的女兒叫過來，介紹認識。算來我們三十多年沒見了，一時之間不知該從何說起。「美瑤姐，你好嗎？」我問候著，她把我拉到無人的一角，一改永遠不聲不響不言不語的常態，第一句話就說：「你那時候走哦，我真替你高興呵！雖然也為你擔心啦，你知道嗎⋯⋯」仍然帶有一點台灣口音的國語，我知道她指的是我七〇年婚變「逃」離台灣「逃」離影圈的事。我一個勁兒的點頭，一切盡在不言中，塵封已久的回憶猛地湧上心頭，我咬緊雙唇想忍住快要掉下的淚水。

我們都不再年輕了，仔細看她美麗典雅的面容，仍然高貴、不可企及的氣質和風度。我知道她目前的境遇，但能怎麼說呢？她卻坦然的告訴我：「從現在起我每天要為自己活！」我說：「這點我三十年前就學會了。」「早跟你學就好了啦！可是我哪有你那種勇氣啊！唉──」她把我

當知音和親人一樣的訴說著，我看著她仍然明亮有神的雙眸，心中老大的不捨和疼惜。我一再的問自己，她真的是無怨無悔嗎？唉——夫復何言！

時間飛滾而去，她在工作我不便久留。道別後，她送我出門時低聲說道：「你不用替我擔心啦，我現在蠻好的，有女兒照顧我。」說著拍拍女兒的頭。

為了憧憬儉樸幸福的家庭生活，寧願捨棄光芒萬丈的演藝事業，卻在年過六十後，為了籌措家用討生活，重返已不願再面對的鏡頭。在現實生活中，美瑤姐始終扮演了比電影銀幕上更傳統、更認命的賢妻良母角色。

如今，美瑤姐不聲不響不言不語靜悄悄的永遠的走了，離開了愛她的女兒、親人、友人、同事和影迷。

「金馬獎」誕生於一九六三年，明年二○一三年「金馬五十」了，我知道美瑤姐一定還是不會參加，我們半世紀的相交，也是從六三年那年開始的啊！

一位網友在網上留言，只有寥寥十一字：「美瑤一路走好，你會幸福的！」

但願如此！如果老天真的有眼的話。

2012年6月22日

朱牧

1938-2007

香港電影界的資深演員和導演。五〇年代
於香港參與電影演出，角色多樣化：既有
豪放的北方漢子，亦有猥瑣的小人物或搞
笑的丑角。演出作品計有：《半斤八兩》、
《快活林》、《大軍閥》、《王昭君》等。
六〇年代開始參與幕後工作，擔任過助導、
導演、監製、出品人。1963 年加入「國聯」
任副總裁，1972 年，與李翰祥合組公司，
拍攝《拍案驚奇》等奇情片；九〇年代，
與太太韓培珠成立公司拍攝電影《秦俑》，
該片結合了大陸與香港幕前幕後的菁英，
上映後頗受好評，獲得極大迴響。

故人故事

朱牧對於飾演吳王夫差不敢掉以輕
心，常常琢磨角色的性格和表演層
次。圖為姑蘇台上的夫差與西施。
（台灣電影資料館提供）

重情更重義

——憶朱牧

二〇〇八年三月初，在瑞典家中接到韓培珠打來的長途電話，我們平時在香港或北京都會設法聚聚，但沒有以長途電話聯絡的習慣，因而感到有些異樣。相互問好後，問候她老公朱牧時她才說：「他已經走了，今天是朱牧百日，所以特地打個電話給你，知道你……。」

震驚又一位摯友的逝世，只有長嘆人生的聚散無常。去年在北京和他一起在「不見不散」晚飯時，還有說有笑，怎麼那麼快就走了？珠珠在電話中悲痛的告訴我：「朱牧因為癌症發現的較晚，前後就半年的時間，去年十一月二十九日在北京醫院病逝，走的很辛苦，如今安葬在香港。」

二〇〇七下半年，我為了籌備瑞典皇家音樂廳和次年北京奧運文化項目歌劇《茶》的排演，頻繁的出入北京，但日程都很緊，真後悔當時沒能顧得上給老朋友掛個電話。四月初我到北京工作前，特意去了一趟香港，為的是到朱牧靈位前獻上一束鮮花，因鄭佩佩和朱牧也熟識，就陪我一同前往。

朱牧在五〇年代、六〇年代初期在香港配音界很紅，主要是將進口的外語片配成國語。他本是湖北人，在北京長大，國語正宗，加上做事認真負責，配音之餘還當領班，張陶然先生進口的日本片幾乎全都交給他。

我六二年在「邵氏南國演員訓練班」，班上北京來的張氏兩兄弟就常在朱牧領班的配音組工作，我有時去配音間探班，見過這位人稱「朱三

爺」的領班。

和他開始有接觸是李翰祥導演要離
開邵氏的那個時期。我正忙著在當邵氏
新人（剛簽下基本演員約）飾演《七仙
女》，也兼任這部電影的舞蹈指導。不
料拍了幾天戲之後，電影就突然停拍
了，既沒接到拍戲通告也無解釋原因，
我母親正慶幸我可以不入電影界，能夠
出國繼續進修學業。不料突然接到電話
通知，要我馬上去李翰祥導演位在九龍

朱牧在李翰祥另創「國聯」這件
大事中，扮演穿針引線的角色。

加多利山的家中見面。見時才知：李導演要自組「國聯影業公司」，到台
灣另起爐灶，拍的還是《七仙女》。那天在李導演家又見到了朱牧，他的
神色看上去相當緊張，後來才曉得原來他和這件當年引起邵氏「大地震」
的事關係密切：除了負責和凌波接頭，得到凌波首肯跟隨李導演另起爐灶
外；朱三爺和爾爺（爾光先生，爾冬陞的父親）還幫聯邦公司駐香港代表
張陶然先生，與李翰祥穿針引線，最終促成了這件事。

一九六三年十二月十四日，在李翰祥的率領下，我隨新成立的「香港
國聯影業公司」到台北，同機的還有朱牧、郭清江、曹年龍……。「國

1964年的亞洲影展在陽明山。右
起朱牧、江青、汪玲、鈕方雨、
甄珍、周藍萍。（台灣電影資料
館提供）

　　　　　　　　　　　　　故人故事

我與朱牧在《西施》中的對手戲相當多。（台灣電影資料館提供）

聯」公司設於台北市泉州街一號，從香港同去的演員汪玲也住在那裡，我們一人一間房。公司的同仁在背後稱朱牧、郭清江為「哼哈」二將，大概那時期他們成了老闆李翰祥的左臂右膀，替公司「把關」吧！擔任製片和經理的郭清江還有一個外號「寒」先生，廣東話「孤寒」就是北方話的「摳門兒」（意指吝嗇），當然是指他在談合同和製片上的作風。而朱牧在香港的外號「朱三爺」也就一併帶到了台灣的電影圈了。

朱牧在六三年「國聯」創業作《七仙女》中演一個戲份不多的角色，攝製完成後整班人馬赴日本配音，配音是他的老本行，方方面面都相當熟悉，有他協助李導演一切都很順利，進度飛快。六四年「國聯」第二部影片《狀元及第》，片中我演李秀英，朱牧演不務正業的公子哥兒顧文友，並兼任導演助理。六五年在《西施》中他飾吳王夫差，這部大片拍了十五個月，片中夫差和西施的對手戲相當多。他對飾演吳王夫差不敢掉以輕心，常常琢磨角色的性格和表演層次，也認真的和西施——我多次討論。資深的影評人焦雄屏評論的恰如其份：「《西施》的一干演員更是成功的關鍵。其中飾夫差的朱牧最為驚人，他時而喧囂狂妄，時而低語忖思，駕戰車爭盟主時，睥睨天下，蠻橫不可一世；聽到鬼哭神號，又悽慘然腳步蹣跚。朱牧的表演層次，使夫差的悲劇完全可信，他不是『暴政必亡』型的暴君，相反地，他是個相當具有人性的悲劇人物。」

片中西施受寵於夫差，現實生活中我受寵於朱牧；夫差為西施修建館娃宮，而在現實生活中朱牧幫我打起了保護傘，修築了防火牆。事業巔峰時恰恰是我感到「天宮歲月太淒清」的日子。

朱牧的小姑家住台北，是張作霖的遺腹女，時常邀請我們去她家小聚，談起家事國事成籮成筐，大概她少時見得多吃得多，烹飪功夫一流，人也爽快剔透。朱牧的姪子張劍忠和宋存壽導演也經常結伴同往。無戲可

拍和沒有應酬的日子，也會和郭清江、汪玲四人行；最轟動的一次還上了報，因為好奇，我和汪玲女扮男裝半夜上酒家看熱鬧，結果因為我忍俊不住笑個不停，被人識破，成了當時的花邊新聞。李導演獲悉此事很生氣，認為我們有損國聯和個人形象，把我和汪玲叫到他二樓的辦公室「教訓」了一頓，我不服，還回說「這是體驗生活嘛！」年輕又沒有社會經驗的我，在新環境中雖然感受到關愛、照顧帶給我的溫暖和安全感，但自十歲就離開上海到北京舞蹈學校住讀，習慣獨立生活，任性又不愛受「管教」的我，最終推開了傘，翻了火牆，不知就裡的跳入了火坑。

此後，我和朱牧沒有再合作，他除了在國聯擔任副總，也在很多影片中當演員，又在李翰祥掛名擔任策劃導演下，執導了《辛十四娘》、《鳳陽花鼓》、《四絕女》。七〇年國聯結束，我脫離了電影界遠走美國，除了跟鄭佩佩有聯絡外，基本上和電影圈其他人鮮有來往，而朱牧是其中的例外。

一九七八年，我和比雷爾結婚後途經香港去上海，朱牧知道了馬上和韓培珠在香港馬會宴請我們夫婦，他不改舊習仍在晚宴中開X.O.，叫上豐盛的酒席。比雷爾平時只在飯後喝點X.O.，但不願掃主人的興，就入鄉隨俗的嚐了，結果居然告訴我說和中國菜很配。那晚也是

朱牧在國聯執導的影片《辛十四娘》，左為汪玲，右為李登惠。（台灣電影資料館提供）

他第一次吃蛇，酒席上有菊瓣蛇羹這道廣東菜，用講究的大銀盤托住，我是不敢吃蛇、乳鴿、甲魚這類宴席大菜的，但比雷爾吃起東西來天不怕地不怕，那晚他嘗試了許多沒嚐過的菜色，而且盛讚道道都很精采，令人印象深刻。朱牧見到這個西方人甚麼中國菜都敢試，而且吃得津津有味，也極為難忘。那是我第一次見到韓培珠，知道她是甄珍的乾姐，一位直爽溫柔、得體大方有智慧的女性。後來彼此熟了就稱呼她珠珠。

我在紐約見過朱牧和珠珠兩次，一次是他們送兒子去加拿大就學，路經紐約，希望瞭解一些我在北美學習和生活的經驗。另一次是八二年，近午夜時分，我正準備上床看書睡覺，接到他們的電話，說正在紐約有急事要和我相商。當時夜已深了，我希望隔天見面詳談，哪知他們一定要我馬上趕過去，朋友有急事當然義不容辭，套上衣服跳上了出租車，趕到中城希爾頓酒店的咖啡廳，才知他們第二天就要離開紐約，想把一位剛由大陸出來的藝術家陳逸飛托付給我照顧。陳逸飛知道我是他們的老朋友，很誠懇地將他的處境和願望和盤托出。原來陳逸飛是中國公派留學生，被指定分派到波士頓學習，但他並不想去波士頓，只想留在紐約發展。住處、學習、工作都沒著落，我馬上想到中國古畫藝術品大收藏家王己千先生。他是蘇州人，和我是忘年交，為人熱心，和上海人陳逸飛也可算是江蘇小同

朱牧對朋友始終如一、重情重義。
右一：陳逸飛，前中：朱牧，左
起：江青、韓培珠。

鄉。我答應盡力而為，朱牧夫婦一聽放了心，告訴我：「我們在香港給陳逸飛找到不少幫襯（即雇主），讓陳逸飛按照片畫肖像，他們所付不菲，所以一時之間經濟上沒有燃眉之急。」

結果，王己千先生將陳

逸飛安頓在他位於紐約東69街的公寓中，陳逸飛可在一街之隔的紐約亨特大學（Hunter College）學英文，王先生還安排他在紐約最大的古董拍賣行中，修復西洋油畫，可以有進帳謀生。不久，我帶陳逸飛去了我的大本營蘇荷區，參觀有名的畫廊，並在那區尋訪拜會我心目中嚴肅而有創意的中國海外藝術家，夏陽、韓湘寧、蔡文穎、周文中等人都很熱情地接待他，並且講述自己在紐約的創作以及創業經驗。沒有料到在他眼中以為這批藝術家生活潦倒，後來談天時他坦言相告：如果是這樣的生活質量，在美國待著還不如回中國更舒服些。

我以為他要追求的是一個自由的創作空間，自認已經盡心盡力做到對朱牧夫婦的承諾，也是當時能力可及的範圍。後來，我另外兩位熱心的朋友許以祺和陳立家那時在西方石油公司任高職，就介紹陳逸飛進了他們老闆在紐約開的「漢謨畫廊」。西方石油公司正要打入中國市場，極盡能事的設法巴結討好中國上層，以「高雅藝術」開道最合適。可以說是「天時、地利、人和」吧！陳逸飛從此飛黃騰達，馬上就搬進很有派頭又有排場的公園大道（Park Av.）。陳逸飛在自傳裡寫道：「我途經香港，在香港停留期間得到了電影製片人朱牧夫婦的幫助。這時的我太需要幫助，所以對朱牧夫婦一直懷著感激之情。」有次和朱牧閒聊，想起多年前的往事，問他希爾頓酒店之後有沒有再見到目前的大畫家呢？他搖了搖頭，接著問：「你呢？」我笑了一下。

八九年，朱牧和韓培珠的香港嘉民娛樂有限公司和中國電影合作製片公司，拍攝由李碧華原著改編的《古今大戰秦俑情》（即《秦俑》），朱牧夫婦任監製，請了張藝謀、鞏俐分飾男女主角。張藝謀本是陝西臨潼人，外貌線條都極似秦俑，再加上他和鞏俐的聲望、兩人在現實生活中的戀情，對影片的成功很有幫助。拍攝期間，張藝謀意外受傷，到北京就住在監製人位於木樨地的家中養傷，得到鞏俐無微不至的照顧。次年五月，

鞏俐和張藝謀到香港參加第十四屆香港國際電影節開幕式和《秦俑》的首映，電影院出現罕見的爆滿，在香港造成轟動。多年後，我和張藝謀偶然間聊起他拍《秦俑》的事，他沒有論及電影反而誇讚「朱先生這個人夠意思講義氣！」

朱牧和著名影劇記者林冰女士等影劇界友人在香港洛克道開了「友和」日本飯店，我去香港總被他們夫婦邀去那裡晚飯，生意一直很興旺、穩定。有一天，朱牧講起要去北京發展餐飲業，認為有錢應當讓朋友一起賺，邀我入股。我一輩子沒做過生意，也沒投資買股票，但對他們夫婦當然絕對信任，於是在九七年朱牧在北京坐鎮籌備「上海灘飯店」時，我加了一股。

我是個對財報一竅不通的股東，籌備當時去試過一次菜，開張後每個月都會收到營收報表，看報表對我而言就像看天書，收到後就原封不動的塞在抽屜中。九九年春天，突然收到朱牧由北京發來的傳真：「飯店經營虧蝕很多……我感到很抱歉，然而自己為此竭盡全力而心有不甘，但亦無奈，面對所受損失，唯有期望另有時機再作補償。」我告訴他生意上的事和打麻將一樣有贏有輸，也和人生旅途一樣七上八下沒有準兒，請他千萬不要掛在心上。

後來他兩個兒子都在北京開餐飲：一家以賣蟹粉小籠出名，另一家廣式茶餐廳「不見不散」也很興旺；後來珠珠還在香港開了一間私房菜的飯館。朱牧在北京雇人開起了小工廠給餐館提供蟹粉、X.O醬……。朱牧喜歡老朋友，台港電影圈中有人去北京，都喜歡去找他，他也一定以誠待人，總是熱情的盡地主之誼。好幾次我去北京工作，帶了兒子漢寧同往，常常把漢寧放在他兒子家，好讓他們的孫子和漢寧作伴一起玩，打道回府時，也免不了帶上一盒我最鍾意的蟹粉。

在漫長的人生旅途上，我和很多很多人，在不同的地方、不同的階段

一起走過。有的沒有太深刻的印象，有的走走就在不知不覺中岔開了路，有的僅僅是擦肩而過卻永誌難忘⋯⋯。

　　人的關係本來就是錯綜複雜的。和朱牧斷斷續續的走了近半個世紀的一段路，我的人生行旅歷經了悲歡離合、喜怒哀樂、酸甜苦辣、跌打爬滾的歲月，但他對我始終如一。在人生的道路上，無論是風雨交加或陽光燦爛，能有這樣一位重情重義的老友同行相助，夫復何求？

2012年7月31日

方盈

1948-2010

幼時自大陸移居香港，1962 年參加南國實
驗劇團，後加入邵氏電影公司，在處女作
《七仙女》（1963）中擔綱女主角，其後
陸續主演十多部影片，也是六〇年代邵氏
公司力捧的玉女明星。

1970 年息影，七〇年代在電視台主持節目
並參與連續劇演出，八〇年代中擔任電影
美術指導，作品有《海上花》、《川島芳
子》、《今天不回家》等十餘部，1986 年
以《海上花》入圍金馬獎最佳服裝設計。

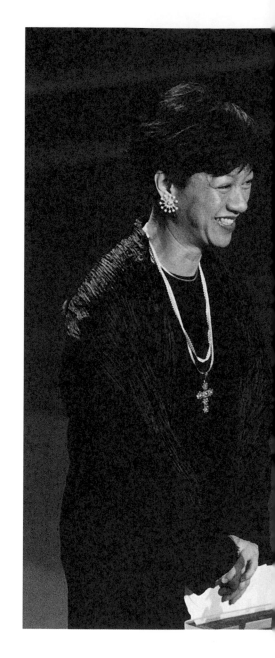

故人故事

我與方盈進電影圈拍的第一部戲都是《七仙女》，又都飾演同樣的角色——七仙女，圖為1993年我和方盈在「金馬三十」頒獎台上。

天上仙女方盈

一九六二年我在香港認識了芳凝，我們同是「邵氏南國演員訓練班」第二期的學員。她本姓倪，名芳凝，「小北京」是胡金銓導演給她起的外號，方盈則是進入演藝界後的藝名。

我們差不多在同時期離開中國大陸，都在北京唱過〈我愛北京天安門〉，也都曾經為「大躍進」，在北京的大街小巷中搜集過破銅爛鐵，為人為的「三年自然災害」挨過餓，勒緊褲帶挺住。由於曾在大陸有過相同的生活經驗，年齡又相近（我比她長兩歲），到了香港面對的困境也相同；在南國訓練班成了同學後，又能用共同的語言——普通話，聊共同熟識的話題，所以，不知不覺中慢慢的成了常在一起解悶、聊天、玩耍的伙伴。而張家兩兄弟是地道北京人，與我們情況相仿，也在南國二期，有段時間我和哥哥走的近，芳凝則和弟弟聊的多，旁觀者還開玩笑說我們將來要作妯娌呢。

在正式進影劇界前，南國通知我、倪芳凝、李國瑛（李菁）作為南國演員訓練班的一門實習課，去邵氏公司拍胡金銓執導的黃梅調影片《玉堂春》，在戲中扮演賣唱又賣笑的酒家女。這部影片將我們三個人幾乎同時帶進了銀色世界。我們當時還是南國的學員，所以叫胡導演胡老師。拍戲時，胡老師最喜歡聽「嘎崩兒脆」的倪芳凝的京片子，故而給她取了個外號「小北京」，這以後，我們也都這樣跟著胡老師習慣叫她「小北京」。

記得我喜歡聽她練習彈琴，但她一直無心當職業鋼琴家，完全作為嗜好。她希望做一位有修養的好演員，而不是徒有其表的明星。若時間允許的話，一週要去老師那裡練琴三次。與邵氏簽十年長約後，她搬入邵氏影城宿舍居住，將她心愛的鋼琴也同時搬去，時常晨昏練曲，成了人們口中的「影城裡的鋼琴師」。

我們最相同的經驗，也是最為戲劇性的是：兩人進了電影圈第一部拍的都是《七仙女》，又飾演同樣的角色——七仙女，電影同名、同編劇（李翰祥）、同作曲（周藍萍），這樣的雙包案在當時是

平時愛在宿舍彈琴的方盈。
（香港電影資料館提供）

絕無僅有的，因而成為港台兩地娛樂界的熱門新聞。「七仙女之戰」、「七仙女之爭」、「七仙女之鬥」的標題，充斥港台大小報章雜誌。邵氏公司在香港和在台灣的國聯公司鬥氣、鬥拍、鬥快、鬥宣傳，使我們兩個七仙女「運氣」的成為新聞人物，所謂「鷸蚌相爭，漁翁得利」，我們都是最不懂捕撈的人，不知怎會成了漁翁？所謂的「得利」大概是指我倆都得到「未演先紅」的優勢吧！

▶1963年方盈15歲，在
　邵氏主演《七仙女》。
　（香港電影資料館提供）
▼1964年《徵信新聞報》
　十大明星頒獎典禮。左
　起：鈕方雨、何莉莉、
　方盈、李菁，右起：柯
　俊雄、張美瑤、汪玲、
　江青。（台灣電影資料
　館提供）

　　　　　　　　　　　　　　　　　　　　　　　故人故事

偶然的機遇下，「金牌導演」李翰祥聘我擔任《七仙女》的編舞和動作指導。七仙女一角本由大明星樂蒂擔綱主演，為了和飾演董永的凌波爭排名，開拍後樂蒂罷工，換上已簽約「邵氏電影公司」的新人方盈；但一波三折，主角七仙女又輾轉落在我這個編舞者的身上。我與凌波拍了幾天戲後，李翰祥將要自起爐灶的事被邵氏公司洞悉，雙方鬧得不歡而散。結果，凌波留在邵氏與方盈主演《七仙女》，我則隨李翰祥導演去了台灣，與錢蓉蓉主演「國聯電影公司」的創業作《七仙女》。

　　兩家電影公司隔岸拼鬥，但我和「小北京」的友情絲毫不受影響。為人謙虛又厚道的她，在一次訪談中說：「像最有名的《七仙女》，我是臨時奉命代替江青上陣，沒想到紅了，自己覺得像灰姑娘，幸運多過實力。」我想我們都是下凡的七仙女，有了知名度成了所謂的「明星」，但那是外人看到的表象，下了戲，我們都還是腳踏實地、有自知之明的凡人。

　　九三年，金馬獎頒獎典禮在台北舉行，《七仙女》又讓我們再度結緣，大會主席李行導演邀請我和方盈作為貴賓出席盛會。因為三十年前我們都飾演七仙女，就安排我們同台頒獎，台上的主持人話題也繞著當年的《七仙女》隔岸拼鬥轉。記得「小北京」上台前在側幕問我：「哎——奇怪，怎麼還會有人記得我？」

　　六八年，方盈結婚，漸漸淡出影壇，七〇年代起開始接觸服裝設計和室內裝潢，八〇年代又無師自通的在楊凡導演的鼓勵下投身電影幕後工作，擔任美術指導。

　　八二年，我任香港舞蹈團藝術總監，在香港需要有個住處。父母在香港的房產中，美孚新邨正好有屋閒置，「小北京」也住在美孚，我就乾脆請她為我包辦，把三房兩廳改成一房一廳。我既沒看藍圖，也沒要求看她已設計過的室內裝潢照片，她按時如期的在講好的預算中順利交屋。房子裝修的就如其人：簡約、低調、溫柔、樸素、舒適，讓我住在裡面感到一

方盈和老朋友聚會。後排左起：方盈、
凌波、焦姣、鄭佩佩、秦萍、江青，前
排右起：曾江、金漢。（秦萍提供）

份安寧與平和。記得入住後不久，一晚她帶了瓶紅酒來訪，還有一套淺墨
綠色質樸的青瓷：一盞燭台、一樽花瓶、一隻大碗作為喬遷之喜的禮物，
美不勝收。我們在燭光下小酌、懷想、談笑；如今，這套仿宋青瓷仍在家
中，我經常使用，也就經常會想起她。

　　直至「小北京」二〇一〇年一月十三日仙遊，我們都保持了一定程度
的往來：我人在香港，一定會和她見個面，喝個茶，有時也會互換點別緻
有趣的小禮物；過年過節通個電話，送上遙遠的祝福。和她這麼多年的交
往，從未在她口中聽到過一丁點兒是非、抱怨、牢騷；她如此的不卑不
亢，潔身自愛，通情達理，高貴雅致，和她在一起，總感到輕鬆舒適，毫
無隔閡，通身自在。

　　二〇〇九年，比雷爾過世後的第一個春節，鄭佩佩來瑞典陪伴我共度
難關，來時帶了年貨之外，還帶了香港三聯書店剛出版的方盈的新書《自

在住》，全書分為三部分：「自在住」、「簡單過」、「隨意說」；真是文如其人：大方，清爽，細緻，幽默，獨特。佩佩告訴我小北京正在與胰臟癌搏鬥的消息，那時她已入醫院，並謝絕友人的探望，她希望留個生前的好印象給會想起她的人。聽後我無言以對，這就是淡泊自適、對朋友體貼入微的「小北京」，那個年輕時皮膚白皙、吹彈可破、眼睛又大又黑、一生追求「美」的姑娘——芳凝。

和佩佩談「小北京」，不免懷想起我們一起度過的青澀的南國年代，談到我們二○○九年和「小北京」在香港的最後一次聚會，「小北京」談了許多關於死亡的話題。當然那是因為比雷爾剛過世不久，她想開導我，幫我看開、想開，以減輕傷痛。那天，我、小北京、佩佩、陳小平（秦萍）、張小燕、焦姣和曾江一起在金鐘老地方午餐，「小北京」勸慰我說：生死一切天註定，生時要做到什麼人都不欠，死時才能心安理得的上路。還幽默的提醒各位老友：我們大家都老了，趁收工大吉之前，思路清晰時，好好構思一下遺囑，什麼都寫得一清二楚，等到作古時已經為時晚矣！她還瀟灑的表明：不願給在世的任何人添麻煩，死後骨灰可以撒，器官可以捐，如果偶然惦記起她的話，就在家裡插上一大束白色的花。

在《自在住》書中方盈寫道：「我本人不迷信也無宗教信仰，但是我

方盈的文集《自在住》（香港三聯，2009年出版）。

覺得人死了會在另一個世界裡，投胎與否就不知道了。」哪個世界呢？我還記得我們在《七仙女》中唱的一支歌：「一縷青煙上九霄」，那仙女就乘煙仙遊去罷！直上九霄時相信你會彈奏「仙樂飄飄處處聞」的。

我會聆聽，也會常常記得為你插上一大束雪白、純淨、清香的鮮花！

2011年9月7日

張冲

1931-2010

資深演員，1957 年踏入影壇成為邵氏公司
演員，初期多主演文藝片，以高大英挺的
外形為人矚目。1967 年開始遊走港台參與
多部動作片的演出。

1973 年與兄弟張森合組「張氏兄弟公司」，
嘗試當導演，創業作為胡燕妮、鄧光榮主
演的《盪寇三狼》。從影二十多年，演出
上百部電影，並曾擔任編劇、監製。八〇
年代參與電視劇演出，之後淡出演藝圈。

故人故事

年輕時的張冲很愛騎馬。（香港
電影資料館提供）

音在影在──張冲哥

音在影在

——張冲哥

一九八九年，回到闊別了十九年的台灣演出，如見縫插針般找到一點空檔，連忙趕到台北的「杜老爺」，找近二十年沒見的張冲哥。這是他與林小姐結婚後合開的西餐廳。當年這位魅力十足、高大有型的銀幕鐵漢，雖已人過中年，但仍像年輕時一樣挺拔瀟灑。一見我驚喜不已，待坐定後馬上問道：「小青啊！土老二怎麼樣啦？」我一下子愣住了，因為在所有朋友中，大概只有他知道我兒子小時候的外號。因為劉家昌是獨子，婚後公公婆婆也就順理成章的搬來一起住，他們原籍山東，是韓國華僑，見到一個大胖孫子下地，爺爺雖然給孫子起名劉繼成，但在家裡奶奶則暱稱他土老二。「怎麼？你還記得？」「當然啦……」，就這樣打開了話匣子，開始敘舊。

「呵呀！那可是陳年舊事，六幾年來著？你還記得土老二一屁股坐在火鍋上的事嗎？」「嗯——那年你到我家吃火鍋，門鈴響了我跑去開門，放在矮桌上的火鍋正滾著，就那麼一轉眼的功夫，土老二就坐上去了！結果我抱著孩子趕緊上醫院急診。」「那屁股上的那塊傷疤還有嗎？」「他都是大人了，那疤還在的話也都淡了吧！只是我們的婚姻給土老二帶來的創傷，恐怕這一生都無法抹滅……」講到這兒張冲哥開始嘆息，從我們結婚到離婚，到後來……，他知道的太多太多了，往事歷歷，酸甜苦辣都像一江春水向東流了！

我是跟著鄭佩佩叫他張冲哥的。佩佩和我同年同月生，同是上海長

大，同年由大陸到香港，同時入邵氏南國實驗劇團，同樣喜歡跳舞，同時期進入電影界，還同時交過第一個男朋友。我們在「南國」時形影不離，熟悉我們的人開玩笑說我倆同穿一條褲子。

六五年，佩佩和張冲在台灣拍邵氏公司的《蘭嶼之歌》，張冲長我們十五歲，且五七年就進入邵氏成為基本演員，論年紀和輩份，當然會禮貌的稱呼他張冲哥。況且拍戲時他也會拿出大哥哥的樣子照顧後輩。而張冲哥叫我小青也是跟著佩佩叫的。

張冲，湖北出生、上海長大，在香港創業，拍了逾百部電影，年輕時的張冲過著頗讓人羨慕的光棍生活——玩飛機、騎馬、打牌、喝酒、與男性死黨擺龍門陣——當然有過不少紅粉知己，但在感情生活方面他很神祕，不像其他男人喜歡吹牛炫耀，審慎隱蔽幾乎守口如瓶。他英俊瀟灑，一米八四的個頭頗有男子氣概，處人做事很有分寸，有上海人的聰明圓滑，但絕不虛矯。從他嘴裡永遠不會聽到是非，怪不得

鄭佩佩（左）和張冲（右）在蘭嶼拍攝《蘭嶼之歌》。

六〇年代香港影人的聖誕聯歡晚會，右起：張冲、何莉莉、沈依、李菁、焦姣、秦萍、方盈、王小鶯、王俠。（秦萍提供）

林黛、凌波、何莉莉，還有……都和他有過一段戀情，直到七五年才結束了愛河情海中翻滾的王老五生活，與擁有「萬人迷」頭銜的胡錦結婚。胡錦和我在國聯後期同過一段事，七〇年還一起客串了李翰祥的《緹縈》，飾演姐妹。四年後，張冲和胡錦離婚，和以往一樣，他沒有一句怨言、惡言，他老說「好來好散嘛！」

我隨國聯剛到台灣時，劉家昌在台北中山北路的中央酒店駐唱，當時的中央酒店屬高檔次的應酬場地，不論是「國聯」宴會請客，或是別人設宴宴請「國聯」，常在那裡設席。張冲晚上有空也喜歡泡夜總會，聽聽歌喝喝酒聊聊天，他倒是不喜歡跳跳舞。我沒有過夜生活的習慣，一般晚宴結束後，既不會留下來聊天喝酒聽歌，也完全不會跳交際舞，何況當時拍片很忙，隔天一大清早就要開工。他大概泡「中央」久了，和劉家昌成了

　　　　　　　　　　　　　　　　　　　故人故事

1993年11月29日老友在台北相聚，後排左起：李渝、金漢、謝家孝、朱牧、田豐、胡金銓、秦祥林夫婦、李昆，右一張冲，前排左起：凌波、江青、李行、張翠英。（台灣電影資料館提供）。

哥兒們，我在一些場合中碰到張冲哥總會打招呼，和劉家昌相遇時僅是點頭之交而已，談不上甚麼印象。

那時，菲律賓僑商莊清泉先生在台投資的統一飯店就在林森北路上，他喜歡結交港台影視圈的人，為人十分慷慨豪爽。豪華的五星級觀光飯店內有香檳廳、文華廳，很多影藝界迎來送往的應酬、慶功宴、喜筵也都會設在那裡。莊清泉和李翰祥、張冲在香港原本是舊識，張冲當年和小娟（藝名凌波）談戀愛的介紹人就是莊清泉。因此張冲哥也會特意在老友新開的飯店內請客，盡量捧場。後來莊清泉投資「統一片廠」，和「國聯」合作的第一部電影《黑牛與白蛇》，就是我婚後懷孕時所拍的第一部片子。

但張冲哥絕對沒有想到，他稱作小阿弟的劉家昌會和我閃電結婚。他

後來跟我用上海話說：「格是哦作夢阿勿會想到咯！」就這樣，跟著老公更要叫他張冲哥了。他在港台兩地拍戲忙，但人在台北工作時，總會抽空來家小聚。他喜歡台灣，覺得比香港有人情味兒，地方比香港大，私人空間也比香港多。於是他心血來潮的邀集好友合買農地，一塊作近鄰，邀了我還有胡金銓導演、編劇姚鳳磐，準備一起大興土木蓋房子。但六九年我為了「昌青公司」《四男五女》的債務，只得把那塊多年前買的地折價抵押，當然他也就不再起勁，之後也把自己的那份脫手了。

知道張冲哥的「杜老爺」店址後，有機會去台北總會到那裡坐坐，閒話「聊聊天喝喝酒聽聽歌」的舊日時光。如今他完全變成另一個人了，我笑他是從過去的playboy變成如今的「家庭主夫」。他很安於現狀，喜歡安定的家庭生活，尤其老年得女，談到女兒時更是笑得合不攏嘴。

我於七〇年赴美，佩佩也差不多同時期離開影壇，遠嫁洛杉磯，多年後她又重回本行，對於張冲哥的接觸和瞭解都比我多得多，尤其是張冲哥

1993年，江青、張冲、張太太攝於台北杜老爺餐廳。（台灣電影資料館提供）。

最後的生命階段。佩佩知道我一直很關心，常告訴我張冲哥的情況，與其我間接寫出來，還不如請佩佩直接道來，因而附錄了佩佩緬懷的紀念文章，看她娓娓道來，或許面向更完整、更詳盡、更貼切，也更顯隆重。

2012年7月25日

故人故事

▲1962年，我與佩佩在香港過聖誕夜，我們16歲。

◀1962年，在香港國際獅子會的籌款義演中，佩佩（左）與我（右）表演《牛郎織女》。

情在緣在

鄭佩佩／文

　　我結婚後很長的一段日子，和電影界的朋友像斷了線的風箏，像是到了另一個世界……。

　　如果說是為了推廣健康舞蹈，還不如說我這輩子和電影界的緣未了，所以我又重回香港、台灣、大陸。我確實是從健康舞蹈開始的，在香港和無線電視合作，一方面開班訓練講師，一方面在無線電視的《婦女新姿》節目教健康舞蹈。當然這是一種宣傳手法。所以在台灣也打算仿效在電視上作一個類似的節目，為我在台灣開辦的舞蹈學校做宣傳。

　　台灣的電視台和香港不一樣，節目大都是外製，正好張冲哥有個朋友開傳播公司，跟電視台的關係不錯，這麼一來，就順理成章的成了「健康舞蹈」的製作人。

　　基本上這個節目中規中矩，除了希望達到宣傳的效果，多少還有點進帳，由於並沒指望會有什麼利潤，我的不計較，反倒讓張冲哥對我有不一樣的認識，這也是為什麼他甚至於打算找我一起開咖啡店。

　　一開始，他想跟我合夥做咖哩雞和海南雞飯，那陣子我們到處去試吃，看別人怎麼做，也試作我的煮法，幾乎真的要成事時，我卻被前夫召回洛杉磯，而他也找到了合夥人，也就是他的另一半，開了「杜老爺」西餐廳。

　　後來我成了常客，只要去台灣，一定會去「杜老爺」坐坐，和朋友們約會也必定選在那裡。我完全不理會張冲哥是怎麼感覺的，就像小時候一樣死賴著他，不管他承認也好，不承認也罷，不能把我這個小兄弟給擱在一邊，因為我吃素，他那牛扒店，非得有個素食套餐，新開的店如此，老店更是不得不齊備……。

《蘭嶼之歌》是張冲和鄭佩佩合作的第一部電影。

　　他則一如往常的給我一些感動。最令人感動的是，我的老師胡金銓導演往生的時候，我們幾個窮弟子在那兒惆悵的不知如何解決我和上官靈鳳要帶導演的骨灰回洛杉磯下葬的機票，他適時的出現，拿著現金來解危⋯⋯。

　　二〇〇四年，我幫「天映」宣傳邵氏當年的經典影片，製作了一系列的「邵氏大排檔」，我們去台灣訪問當年邵氏的同事，張冲哥當然是名單之一，沒想到關製片居然對我說：「張冲生病了，店裡的人說他不能接受訪問⋯⋯」

　　「⋯⋯你告訴過他們是我訪問他嗎？」

　　「⋯⋯說了，也不行！好像真的病了，才剛動了手術呢！」

　　我這才真急了，片約在身又無法等下去，關製片安慰我說，他一定會設法找到張冲哥本人，把我的問候帶到。

　　關製片最後還是沒見到他本人，但託人帶了水果和我的問候。

　　不久張冲哥的死黨William（陳志強）給我打電話說張冲哥收到了我的水果和問候，他剛動手術，手術很成功，叫我不要掛念。

　　後來去了幾次台灣，他好像真的好多了，我們又在「杜老爺」相聚，或許是我的真心感動了他，他主動跟我聊了許多，包括向醫院請假，由護士推著輪椅去看凌波姐和胡錦聯袂登台主演的《梁山伯與祝英台》。

　　「⋯⋯妳知道她倆有多不容易，兩人都因乳癌開了刀，這可能是她們最後一次演整齣的《梁祝》了⋯⋯」

　　我能想像他有多少的感觸，一個曾是他的未婚妻，一個則是他的前妻。

「她們知道你在台下看她們嗎？」

「這個不重要了！」

二〇〇六年我六十歲生日，我的忘年之交小編劇芷穎去他店裡錄了一段賀詞，張沖哥對著鏡頭用上海話叫了聲「biebie」，這樣稱呼我的人越來越少了……。

「……妳看見我出現一定會很驚奇，這是妳妹妹保佩和幾個小朋友的安排，她們誠心誠意做這個安排，其實對我來說也是一個驚奇，為什麼會找到我，不過保佩打電話給我，說是要幫妳過大壽，哦，對我來講妳這個年紀算不了大壽，但對妳的小朋友來說六十歲是個大壽了……。一轉眼幾十年了，看著妳從十六、七歲進邵氏，給我的感覺就是這樣，很直率，也很硬朗，談話很正，一直到今天妳給我的感覺還是這樣，坐如鐘，立如松，行如風……妳真的像一陣風一樣，嘩─嘩吹來吹去。不變的是妳的這顆心，不變的是妳的性格，不變的是妳的這種俠義豪邁，妳以前是個俠女，現在對很多人來說，或許妳成了俠婆……哈哈哈，這是講笑話哦……不過，不管怎麼說，在我心目中，不管妳多大，妳永遠就是那個十七歲的俠女……beibei，生日快樂，恭喜妳。」

不久，就傳來他財務上出了問題的各種壞消息。

我好不容易從William那兒證實了，追問：「張沖哥到底在哪裡？我能為他做什麼嗎？」

這回William語氣雖然仍很客氣，但是態度卻是冷冷地，「妳幫不了他，我們都有心無力。」

接下來，他就像是在人間蒸發了。

直到有一天，焦姣從新加坡回來，突然給我打了個電話，「妳猜我這回在新加坡碰到了誰？」不等我回答，她就忍不住自己說了出來。「妳的張沖哥！我問他去了哪兒，大家都念著他，尤其是鄭佩佩，我告訴他妳多半時間在上海，把妳大陸的手機號碼給了他，他說他每隔一個月都會去上海看中醫，他答應一定給妳打電話……」

不久電話來了，我特意留在上海等他，還去機場接機。我的擔心是多餘的，儘管他是用輪椅推出來的，但是張沖哥永遠是白馬王子，那麼的紳士，他的臉上毫無病容。

我讓他住在我的公寓裡，他拒絕了，說他已經習慣住在每次來上海住的小酒店。

或許是緣份吧，那幾年差不多每年都會有工作在新加坡，只要我去新加坡，只要

我沒通告，我們就相約一起吃早餐。

　　就在我們重遇後，第一次去新加坡工作時，製作公司為我安排的酒店對面有另一家酒店的咖啡店，優點是離地鐵站很近，和他家只隔了兩站。後來不管我住哪家旅館，我們仍會在這家店一起吃早餐，那兒很安靜，最棒的是我們愛坐多久就多久……。

　　其實，多半是他講，我靜靜的聽著，或許是我以前講的太多了，現在該輪到他了。

　　我們談了很多不同的內容，東拉西扯的，反正東南西北、古今中外無所不談，他告訴我一些他自己的事，甚至是他進電影界之前在大陸時期的事情，我覺得特別新鮮有趣，有一次我跟他說，「張冲哥，不如我幫你寫回憶錄吧！」他沒接腔，他不以為那些值得寫回憶錄的吧！

　　對自己臨了會那麼不如意，他覺得是這一生中最大的遺憾，但我卻不以為然，我說，「我們來此走一回就為了學習，各種酸甜苦辣都得嚐一下，雖然苦的味道來得晚一點，但是卻讓你感覺到其中苦盡甘來的味道，比如說『友情』，你那些好日子裡，朋友都只是一起吃喝玩樂的，但是現在你才真正能感覺到友情的可貴……」

　　「的確，『朋友』是我這一生最大的財富，還有就是家人，沒有家人的支柱，我是沒法堅持到今天的。」

　　當然他最放不下的是女兒，希望至少能看到女兒畢業，能參加女兒的婚禮；他知道女兒最希望能去日本留學，但是沒有想到，連這點他都無法讓女兒滿足……。

　　後來有一部戲和曾江合作，也是在新加坡拍的，焦姣當然是跟得夫人，我們一起約了張冲哥吃午飯，他把女兒也帶來了。

　　女兒長得很秀氣，和他一樣高高的身材，非常禮貌很有家教，曾江特別喜歡，不斷的讓張冲哥放心，這個女兒將來肯定是有出息的。

　　當然還談到我們共同的朋友，張冲哥的口中，和以往一樣從不說別人的壞話。

　　張冲哥對成龍的那份感情是很特別的。他對成龍，不，應該說成龍他們祖孫三個，他都有著很深厚的感情。他為有成龍這樣的兄弟而自豪，但是同時也為自己讓成龍失望而痛心。他認為成龍到了今時今日，應該請各種專家把各種知識講給他聽，充實自己。他也對成龍的兒子房祖名非常疼愛，對他的有教養讚不絕口。

　　William的母親和成龍的父親，是他最為牽掛也最為尊敬的兩位長輩，所以當他聽到成龍的父親往生，自己卻無法前往奔喪時甚為自責。

另一個遺憾則是聽到他的拜把妹妹肥肥沈殿霞往生。

得知肥肥生病後，他不止一次的自言自語，擔心與不安溢於言表：「她身體已經那麼不舒服了，如果我給她打電話，她不得不一次又一次重複訴說她的病情，就算是累了，也不得不重複著說……」

然而，沒等真的說上話，肥肥卻走了。這下子不只是張冲哥後悔，我也後悔了，當初我該勸他打電話的，只恨我嘴笨，不懂得如何去說。

那年年尾真是夠磨人的，十二月我在橫店為「唐人」拍戲，有一天出工前，我的經理人妹妹保佩突然打電話給我，說是陳鴻烈不行了，正在去醫院搶救的途中，她當時用了一些詞，像是新聞播報員的術語，不像是她口中說出來的話，但是我知道天要塌下來了！

接下來，我自己因為吃了不該吃的中藥，肝出了毛病，被醫生禁足在家裡躺了整整一個月。期間另一個好友方盈離開了，朋友們為她在半島酒店辦的追悼會，是醫生批准我第一天可以出門的日子。

就在春節前，張冲哥給我打了個電話，我一聽是他的聲音，就搶著說，「張冲哥啊！我該給你打電話拜年的。」當然不能說我病了，我不想他反過來為我擔心，不過他沒讓我編理由，接下去告訴我給我打電話的原因。

「每一個我的朋友，我都會提出一個要求，比如周華健，我會要求他的CD，因為我最愛聽他的歌曲。而妳，我想妳為我做最後一件事……」

「最後一件事？」乍聽有些迷惑，不知所以又有點害怕，「你怎麼啦？張冲哥?!」

「我沒事！其實我最近挺好的，妳別怕！這可能是十年後，也可能明天就會發生，我只是希望妳能幫我用佛教儀式來處理我的葬禮。」

我靜默無語不知該怎麼說，淚水決堤堵住了喉嚨，什麼也說不出來。

「妳只要答應我就是了。」

輾轉反側我失眠了。給妹妹保佩打了電話，她是局外人，比我冷靜多了，「妳得給張冲哥的太太打個電話，不然真有什麼事，妳就什麼也幫不了了。」

隔天就給嫂子打了個電話。「嫂嫂，張冲哥昨晚給我打了個電話……」她聽完不斷的責怪張冲哥，「他幹嘛跟妳說這個，這不是在嚇唬人嗎？實際上這些天他好多了，已經從醫院回家了。」

我讓她發了發牢騷，最後不忘叮囑──「嫂嫂，妳有我香港的電話吧，過兩天我會去紐西蘭拍戲，不過無所謂的，就算我不在，我妹妹會接電話，不管我在哪裡，她都會幫妳找到我的……」

結果才剛到紐西蘭電話就追來了。

先是妹妹打來的，「張冲哥的太太打了好幾個電話給妳，好像情況不怎麼好，張冲哥想跟妳說話呢……」

馬上設法買了張電話卡給張冲哥打了電話，這時他已經在醫院裡了。

接電話的不是張冲哥，是那個他想給我介紹了好幾次、卻無緣相識的朋友，他一聽是我馬上告訴他，「是佩佩，要不要聽？」

隔著電話雖然看不見，我卻感覺到他把手機遞給了張冲哥。「張冲哥，張冲哥，我是佩佩，你覺得怎麼樣了？」

「…嗯，嗯…啊，啊…」

這是我最後聽到的聲音，他已經說不出話來，但是我知道他已經放下了，知道託付我的事，我一定會幫他做到的。

離開香港時，曾和香港佛香講堂的滿蓮法師知會了一下，她說最好能夠把張冲哥的太太帶去新加坡的佛光山，認識那裡的住持滿可法師，萬一有什麼事，法師會幫忙的。但萬萬沒想到這「萬一」來得那麼快……。

「得馬上聯絡滿可法師！」第一個念頭浮上心頭。

只有找到滿可法師，設法讓嫂子跟他們聯繫上，不然我這遠水怎能救得了近火呢？！

雖然人在紐西蘭，雖然還得工作，但是那幾天，或許沒有幾天，只是十幾個小時，我卻好像去了新加坡，到了張冲哥的跟前，聽到嫂嫂無助的叫喊，分擔著嫂嫂的徬徨……。

當然真正分擔這一切的是滿可法師所帶領的佛光山的師父，以及佛光會的師兄們……。

然而，這一切也是張冲哥給我的機會，終有一天我們能在極樂世界相聚。

2010執筆
2012年7月完稿

傅 碧輝

1924-2003

資深演員。抗戰時期在家鄉受到流亡學生街頭表演所吸引，加入演劇隊參與話劇演出。1947 年到台灣後，初期活躍於舞台劇，最為人知的是 1963 年演出的《藍與黑》，當時連演一百多場，可謂盛況空前。

五〇年代開始參與電影演出，並以 1972 年《秋決》片中執拗堅毅、精明幹練的奶奶角色，最為膾炙人口，榮獲第十屆金馬獎最佳女配角。六〇年代成為台視的基本演員，演出多部連續劇，並身兼「半百頑童俱樂部」總召集人，對於資深藝人之間的活動與聯繫不遺餘力。

《西施》啟用了許多資深演員，傅碧
輝於片中飾演勾踐夫人。圖為飾演越
王勾踐的趙雷和傅碧輝。（台灣電影
資料館提供）

記得傅姐——碧輝

　　寫這位故人時，是帶著滿腔的感念之情。在我不堪一擊幾乎要倒下，希望離人群越遠越好、想要逃離影圈時，傅姐卻毫不猶疑的緊緊地抱住了我。

　　一九七〇年，當我遠行面對著沒有親人、沒有語言能力、沒有工作、沒有經濟能力……遙遠且完全陌生的國度，電影圈唯一到台北松山機場送行的朋友就是傅姐。我在《往時·往事·往思》一書中曾寫道：「收起傅碧輝給我祝福的花環，抹去淚痕，我連頭也沒回，直起腰桿向停機坪走去，我相信我有自己跌倒自己爬起來的勇氣。」

　　我和傅姐認識是在一九六四年七月二十二日《西施》開鏡第一天拍攝時，台灣新聞處處長主持的開拍記者招待會中，和她第一次見面。那部戲啟用了許多台灣有經驗的舞台劇資深演員，即所謂的「硬裡子」：除了由她飾演越王勾踐夫人，還有曹健的范蠡、馬驥的伍子胥、古軍的文種……和他們相比我是後輩，才十八歲，而這幾位演藝界前輩都比我年長一倍有餘。我當時的演藝事業正處高峰，大家認為直呼其名似乎禮貌不周，所以一開始都客氣的稱我江小姐，弄得我感到既隔閡又尷尬。而我叫傅姐叫得自然順口，沒多久大家看我很隨和，完全沒有明星派頭，不但直呼其名，傅姐還暱稱我「傻丫頭」。我和傅姐基本上沒有多少同場戲，只有在台中后里馬場搭建的外景中，以及最後一堂在台北近郊白沙灣搭建的禹王廟外

景戲，和她真正有了接觸。那兩次出外景每次都要好幾週的時間，但我喜歡拍外景，因為期間沒有窮極無聊的社交應酬。大家雖然不是像我在北京當學生下鄉時要三同：同吃、同睡、同勞動，但幾乎除了睡覺的時間都在一起，而台灣這些「綠葉」演員都希望結識李翰祥這位港台兩地火紅的大導演，近距離的瞭解他對角色的設想和影片的結構。於是，太陽下山收工後，大家不想呆坐在旅館房間，反而聚在一起好吃好喝好聊；當然主要是想聽「大王」李翰祥導演意氣風發、天馬行空的聊西施。

因為劇中吳王夫差（朱牧飾）和越王勾踐（趙雷飾）都稱大王，不但臣子在戲中常要尊呼「大王」，群眾演員多的大場面中也有很多口呼「大王」的鏡頭。李導演拍戲時霸氣十足，所以《西施》開拍沒多久，大家就開始叫李導演「大王」，進片廠時也會有人高呼「大王駕到！」有時怕跟劇中角色搞混，便冠上姓氏曰「李大王」。

傅姐心直口快完全沒心機，我很喜歡她熱情又爽朗的個性，堅毅中帶著韌性柔和。《西施》前後拍了將近一年五個月才拍完，那段時間我們成了忘年交。之後大家各忙各的，後來我港台兩地軋戲，見面的機會就少了。直到一九七〇年春末夏初之際，我拍了中國電影製片廠製作的《台北·上海·重慶》，我在片中飾演重慶時期的抗日女青年、上海時期的少奶奶、台北時期的母親。傅姐演的又是一個「硬裡子」角色，但萬萬

1970年的《台北‧上海‧重慶》是我從影
的最後一部影片，右起：張揚、江青、丁
強、傅碧輝。

沒想到的是，這是我從影的最後一部電影（七二年影片上映時片名為《春
暉》）。

　　七〇年，我想結束四年來不足為外人道且罄竹難書的婚姻，精神和肉
體的威脅與壓力，使我不敢傾吐內心的痛苦，在壓抑和屈辱中瀕臨崩潰邊
緣。母親在我最需要時來台幫我照顧成成，在家裡當著母親和三歲兒子的
面，我必須強忍克制自己，深怕影響他幼小的心靈，當然更怕母親擔憂。
傅姐拍戲時發現我魂不守舍，一改在《西施》時的敬業態度，知道其中定
有隱情，於是收工後把我接到家中便飯，私下談心撫慰我。

　　一開始要面子，不想跟外人談私生活和當時的困境，但她卻誠心誠意
的開導我，幫忙分析釐清現況，也為我分攤苦惱，她的耐心、熱情、坦率

　　　　　　　　　　　　　　　　　　　　　　　　　　　　故人故事

左二起高明、李冠章、楊群 、羅宛玲，
右起：李登惠、劉寧、傅碧輝、江青向觀
眾致意。（台灣電影資料館提供）

和關愛之情，使我備感世間友情的可貴和溫暖；她的出現有如一場及時
雨，更形象的說有如雙人舞中高難度的動作，舞者忽的騰空跳轉上去，需
要舞伴精準無誤的及時托舉起來，才不致使舞者摔得頭破血流甚至昏迷。
就是那樣，傅姐在半空中穩穩的托舉著我，讓我可以將心中的痛苦委屈和
盤托出，不必強打起精神，強作無事狀，強吞嚥下淚水。那件轟動一時的
「婚變」事件後，我待在傅姐家的時間就更多了。我是家中長女，但那時
我完全把她當成大姐，向她掏心掏肺……。還記得她對我再三說：「傻丫
頭，要哭就哭吧，不要忍，哭出來就舒服了。」片廠開工時，她也會逼我
喝些水吃點東西，跟我講笑話，談點輕鬆的話題，好讓我分神，不會一個
勁兒的往牛角尖裡鑽。

《西施》在白沙灣拍外景時，當時的政府官
員蒞臨現場參觀。前排左起：李翰祥、楊樵
（後穿黑西服者）、劉寧、毛冰如、江青、
羅宛玲、傅碧輝、曹健、常楓、吳風。

故人故事

1972年，傅碧輝以《秋決》片中執拗堅毅、精明幹練的奶奶一角，榮獲第十屆金馬獎最佳女配角獎。左起：葛香亭、傅碧輝、歐威。（台灣電影資料館提供）

至於談了些甚麼，我當時就不知道，而那部片子是怎麼拍完的，我也完全沒有印象，因為那時我幾乎完全失去思維的能力，只知道答應下來的事一定要做完，把電影拍完才能離開。唯一清楚記得拍完最後一個鏡頭是一九七〇年七月三十日晚上，隔天就搭乘了早班飛機離開台北松山機場。

那段不堪回首的日子，多虧傅姐伸出援手，我們非親非故，她在我危急之時，不顧影圈複雜的環境及個人得失，毫不猶豫的幫我分擔憂苦度過難關，至今仍讓我感念於心。

十九年後，回到台灣作獨舞演出，和傅姐又相見了！她那份喜悅、那份為我感到自豪的心情，全掛在笑容上。她說：「你知道嗎？我從來沒有擔心過你站不起來……咯——咯——咯……」她依舊接我去家中便飯、談心，仍然是那樣地熱情爽朗的笑聲。

當時以宣傳國聯電影為主的雜誌《電影沙龍》的主編陳來奇先生在接受訪談時說：「江青回來，我出面邀國聯的人，大家都很高興，希望有一天國聯再起！在台灣再起！李翰祥知道這件事。國聯沒有死！有形的沒有，無形的還存在……」陳來奇是個重情重義的朋友，感性的表達有點像是癡人說夢。但那天舊夢重溫的聚會令人難以忘懷。傅姐感嘆最深，離台時我依依不捨向她道別，她意味深長的說：「這次你不需要我去機場送你了吧！」說完一起開懷大笑。

九三年，金馬獎歡慶三十週年，得過獎的導演和演員都應邀參與盛會。八二年，李翰祥導演去大陸拍片，礙於規定，他本人和執導的影片都不能再入台灣。聽說李行導演為此多方奔走，但遭駁回拒絕。直至九三年李翰祥導演才能入境，除了參加金馬獎之外，影展還特意安排在戲院放映了《西施》，表達向李導演當年對台灣影壇的貢獻與功績致敬，導演和演員也都登台亮相跟觀眾見面。那天《西施》的主要演員差不多都到齊了，

▲1989年回台，在陳來奇的宴會中和老友相聚，前排左起：傅碧輝、江青、趙瑛瑛，後排左起：劉華、劉引商、歸亞蕾。

▶1993年金馬三十盛會再聚首。左起：江青、蔡慧華、傅碧輝。

▼1989年回台演出和友人相聚，左起：傅碧輝、歸亞蕾、申學庸、林懷民、江青、Marco梁（梁在文）。

又是一片「大王」聲，把我的記憶又拉回「國聯」在台灣風起雲湧的六○年代。

那天我沒看《西施》，登台後電影院的燈一滅，傅姐拉我一起坐下來，突然間感到害羞又害怕，羞甚麼又怕甚麼？自己也說不出個所以然，我告訴她：一向不喜歡看銀幕上的自己。她又是一句：「傻丫頭。」

寫及此，想到所有和《西施》有關的人，幕前幕後大都已先我而去，李翰祥、趙雷、朱牧、王劍寒、宋存壽、王沖、劉維斌、顧毅、楊甦、馬驥、古軍、曹健、馬漢英、祖康、洪波、李冠章……，還有這位我永遠記得的傅姐——碧輝。嘆！

一代遠去，大樹飄零！也藉此文表達我對上述各位的緬懷和追思。懷念永遠是美的，記憶中大家的音容笑貌恍如昨日，也記得那些同甘共苦「打爛仗」、吃便當的日子；最有趣的是如果是在台製片廠拍內景，每天傍晚都會等候挑著擔子賣臭豆腐的，他絕對準時到達片廠門口，不用吆喝，一聞到「香」味，李大王就會暫時停工，接著大家就蜂擁而上，我也脫了戲服等吃熱香滾辣的臭豆腐。想想那些平凡日子中的點點滴滴，溫馨的回憶頓時襲上心頭。每次去台北，第一件事就是大街小巷找挑擔的臭豆腐，吃時心中總會憶想起當年種種。

二○○三年秋末，金馬四十又來到台北，但傅姐已經遠去，她在那年的十月辭世，我真後悔沒能在她有生之年再和她聚聚，聊聊家常，聽她那爽朗的笑聲，就差那短短的幾週啊。在她女兒的陪同下，我和我們共同的好友郭美雲，也是當年在我最艱難時，和傅姐一起幫助過我的圈外人（她們因我而相識，並結下多年不渝的友誼）一起買了花去看望她。女兒跟我說，媽媽不要別人知道她生病的消息，知道了也於事無補，還打擾朋友替她擔心，這就是她一輩子為人處世的態度——處處都替別人著想。我燒了

一炷香，感謝她在我人生低谷時情同姐妹的關照和引領，助我走出噩夢和深淵，也虔誠地祝願她在極樂世界平平安安！

2012年7月20日於猞猁島

艾藍

Erland Josephson, 1923-2012

瑞典著名演員。一九三〇年代開始與大
導演柏格曼（Ingmar Bergman）在劇場合
作，自此奠定兩人長達數十年的伙伴關
係，彼此合作了四十多部影片與無數舞台
劇。四〇年代末開始參與電影演出，與
卡維妮（Liliana Cavani）、薩堡（István
Szabó）、格林納威（Peter Greenaway）、
塔可夫斯基（Andrei Tarkovsky）等著名
導演合作。參與演出之外也曾執導影片；
艾藍才華洋溢，兼有劇本、小說、詩歌等
創作。

故人故事

烏拉一直照顧艾藍直到最後，是他生命中重要的心靈伴侶。

大明星艾藍

　　二〇一二年二月二十六日，我在紐約才剛起身，就接到兒子漢寧由瑞典打來的電話：「媽！Erland（艾藍）昨天過世了！」「啊！」乍聽噩耗悲痛錯愕，一時說不出話來，「這麼大的消息難道你都不知道？」不一會兒漢寧傳來瑞典不同報紙刊載的整版圖文報導。待情緒稍稍平靜，我趕緊上《紐約時報》網站查看這位摯友猝然離世的消息。一週後致電給他的妻子、也是我的同事好友烏拉（Ulla Aberg）致意慰問，才知艾藍已入土為安；他是猶太裔，按照習俗三天之內必須下葬。

　　艾藍・吉塞夫生（Erland Josephson）是位傑出的演員，在國際享有高知名度，因為他和著名的大導演英格瑪・柏格曼（Ingmar Bergman）及塔可夫斯基（Andrei Tarkovsky）合作過多部影片。一九六六至一九七五年任瑞典皇家話劇院藝術總監，九〇年代任瑞典電影協會主席，多次擔任柏林影展評委，獲獎無數。

　　一九二三年，艾藍出生於猶太高級知識分子世家，父親開書店，近親中有畫家、作家、作曲家、舞台劇導演，從小廣泛接觸藝術，也培養了他多方面的才華和興趣。雖然沒有接受過正規的表演訓練，才華洋溢的他，演過上百部作品；活躍於銀幕和舞台之餘，也累積了不少創作：四十多個電影、電視、舞台、廣播劇本；同時也有小說、詩歌、自傳、回憶錄、評論，並執導多部舞台劇和電影。

我之所以與他相識是因為他替我看顧當時才六歲的漢寧。九〇年，我在瑞典皇家話劇院排演莎士比亞的《仲夏夜之夢》，擔任編舞一職，導演啟用剛和他離婚的妻子扮演戲份最為吃重的角色「捉狹鬼」帕柯（Puck），排練時氣氛彆扭，旁觀者也很尷尬，最後導致導演精神崩潰入院，但我的部分不但得照排無誤，還因耽誤了排演時間，晚上必須要加班。那時比雷爾正好在紐約的實驗室工作，漢寧還小，晚上工作對我很不方便，結果，擔任此劇劇本分析指導（dramaturg）的烏拉女士跟我說：「沒關係，我的男友（boy friend）可以充當孩子的保姆（baby sitter）。」boy是男孩子的意思，於是那位男孩馬上接口說：「沒問題，但我已經是老頭子了，怎麼還叫我boy呢？」然後哈哈大笑的把漢寧帶離排演廳。

　　當時只感到這人挺幽默的，大概自己工作時太忙也太投入，沒顧得上請教尊姓大名，就忙著排練去了。晚上回到家，想起這個boy怎麼這麼面熟呢？咦！有可能是艾藍嗎？但這個大明星哪可能有耐心和時間充當保姆呢？而且時間還那麼長？第二天排練前，我迫不及待的問烏拉：「難道那位頂頂大名主演《婚姻情景》（Scenes from a Marriage）、《哭泣與低語》（Cries and Whispers）、《芬妮與亞歷山大》（Fanny and Alexander）的艾藍是你的男朋友？!」

　　一口氣說了許多膾炙人口的片名，只見她面帶驚奇的看著我：「哦?!

我以為你早知道是他。」我大笑，怪自己粗心大意，艾藍一直是我最喜愛、最崇敬的演員，尤其是在瑞典，他可是家喻戶曉的大明星。銀幕、舞台、電視、報紙雜誌、廣播訪問和廣播劇無處不在，我真是有眼不識泰山。我玩笑著對烏拉說：替代付「保姆」的鐘點費，等比雷爾從紐約回來後，一定邀請艾藍和她來家裡吃中國菜。

後來，接觸多了起來，艾藍從未想到比雷爾這個研究醫學的科學家，居然那麼喜歡文學、戲劇和詩歌，也喜歡海闊天空的聊天、喝酒，可以說是「一見如故」吧！記得比雷爾問艾藍：「為甚麼大導演柏格曼一輩子永遠只拍同一個題材──瑞典中產階級高級知識分子圈內的故事？不是不喜歡，但……」艾藍十六歲時是業餘的戲劇愛好者，認識了二十一歲的柏格曼，並合作了舞台劇《威尼斯商人》（The Merchant of Venice）；四六年，艾藍演的第一部影片《愛如雨降》（It's Rains On Our Love）也是柏格曼執導的。對於比雷爾提的話題，艾藍當然有他的看法，但又不便把一起合作四十多部電影和舞台劇的老朋友，與其他人說三道四，於是很技巧的把話題岔開，他幽默的對比雷爾說：「你是瑞典北方的維京海盜，當然不習慣這種小資產階級的調調。」我和烏拉在一旁聽得哈哈大笑。

艾藍和柏格曼（左）有數十年的交情，兩人合作了無數的電影與舞台劇。（Bengt Wanselius攝）

艾藍的度假屋在離我們不遠的森鉤（Singo）島上，離婚後給了第二任太太和孩子們享用，暑期時他總會去那裡探望子女。所以他和當時還是女友的烏拉，就乾脆住在我家猞猁島上的客用小木屋中。我們一起洗桑拿浴，吃、喝、聊，也一起駕船去探望艾藍住在度假屋的家人，還帶著那條忠實但有些怕水的老狗。

九〇年代初，我的自傳《江青的往時‧往事‧往思》剛出版不久，希望能出英文版，因此有幾章作了英譯，艾藍看了覺得很有意思，尤其是「名字」那一章，似乎有點傳奇，荒唐的不可置信；配搭各章的圖片無論是中國大陸生活照、港台電影劇照和歐美舞台演出照都很珍貴。於是他自告奮勇，替我介紹了他的彭博出版社（BROMBERS）。無奈我沒有艾藍的知名度，出版社的負責人陶樂斯‧彭博女士（Dorothe Brombers）覺得書中缺少在瑞典生活體驗這部分，最後還是「無疾而終」，艾藍惋惜不已，我仍心存感激！

九五年，好友鄭淑敏擔任文建會主委，邀了八位台灣文化人組團到瑞典訪問，其中楊澤、李昂、游淑靜、龍應台等都在其中，我自告奮勇的告訴淑敏：可以略盡地主之誼。當然「大地主」是瑞典文學院的院士馬悅然教授和陳寧祖夫婦。寧祖那時也在斯德哥爾摩大學中文系任教，是標準心直口快極其熱情的四川人。我和她商量安排接待時，她直截了當的說：「漢學界在瑞典沒有太大意思，和美國漢學界無法相提並論；學術界的人基本上也不太有趣，我看你就安排瑞典戲劇界的人士跟他們碰頭，我覺得還更好玩些。」寧祖的「命令」哪敢不從，於是邀請了不少在瑞典演藝界的朋友來家裡，和台灣來訪者聚會，馬悅然夫婦作陪，其中大家最感興趣的人物是大明星艾藍。一向處世做人低調又極其幽默的他，完全沒有明星架勢，在自助餐式的餐會中和大家談笑風生，當然大家最感興趣的話題是他和大導演柏格曼的合作經驗。我忙著接待，恨不得有三頭六臂，只要

大家皆大歡喜就好，賓客的談話我完全沒有聽到，大伙兒直到午夜才盡興散去。再見到艾藍時，他直誇：「這些年輕人的水平真是『不同凡響』，素質極高。」我想他們除了聰明敏銳之外，漂亮女生也令他賞心悅目、印象深刻吧！我半開玩笑的告訴他，他調皮的笑個不停。寧祖更得意的說：「我忙了幾天也感到『值』！覺得自己實在是出了個好主意。」寫到這裡不禁憶想起九六年往生的寧祖，她爽朗的笑聲又在耳邊響起。

九七年開始，艾藍的帕金森症已經有些跡象，每週都需做幾次理療和按摩，他和比雷爾談心時表達了他的憂慮。一開始，為了幫他舒緩身體的不適，介紹了懂得針灸和推拿的熱心朋友錢大夫幫忙調理，艾藍感到確實有效，但時間一長，又覺得治表不治根，身體每況愈下苦惱不已。一天傍晚，比雷爾興高采烈的回家，迫不及待的告訴我，下午他剛聽了一個醫學講座，有位日本教授提到了一種新藥，是由天然植物木瓜樹提煉的，專治帕金森症。講座之後，比雷爾找這位教授將艾藍的病情告知。不料，這位教授透露教皇若望保祿六世也正在服用此藥，好像效果還不錯，但目前還未上市，可以寄兩瓶過來給艾藍試用，艾藍聽後喜出望外。不到一個月收到了「仙藥」，忙不迭的給他送去。一段時間過去並沒有任何消息，我又怕追問效果如何，猜想大概是不妙吧！稍後，我給烏拉打了電話，果不其然，「仙藥」並沒有在艾藍身上發揮作用，他試了所有的偏方：印度的、非洲的、南美的，統統不管用。

儘管如此，艾藍還是

「生活就是舞台，舞台就是生活」
的艾藍。（Bengt Wanselius攝）

盡量照常演出。二〇〇六年在瑞典皇家大劇院的小劇場中，我觀賞了一場難以忘懷的演出，劇名《採花者》（Blomsterplockarna），是艾藍的劇本，他自己上台演出之外，還有幾位皇家大劇院的「老皇牌」，大家都已入古稀之年，但就在那極簡的舞台上，沒有太多舞台調度，只憑這幾位大演員的演技和架勢，以及相互之間的默契，就把觀眾的心抓得牢牢的。我當時才真正明白甚麼叫「角兒」，甚麼叫「資格老」。

後來有機會跟艾藍談起，問他戲癮怎麼那麼大？他語調淡定的說：「我的生活就是『舞台』，『舞台』就是我的生活。」這是他一貫的思維，簡潔而帶點哲理。我的理解是他所指的「舞台」不僅僅是劇場，而是任何可以表現創作、有利於社會的園地，都是他的人生舞台。

六五年，烏拉剛畢業就到瑞典皇家話劇院擔任劇本指導分析。當年柏格曼擔任劇院藝術總監，艾藍五六年就開始在那兒當演員並創作劇本，烏拉自開始工作就認識艾藍，後來她一直擔任話劇院劇本指導分析部門的主管，直到退休。幾乎所有柏格曼的舞台劇、歌劇都由她擔任劇本指導分析。

二〇〇四年，當時劇院的藝術總監史達芬（Staffan Valdemar Holm）邀我擔任《魏國三刀》的編舞和音樂設計，這是一齣以中國唐朝為時代背景的舞台劇，劇作者是七四年諾貝爾文學獎得主、瑞典籍的哈瑞·馬丁松先生（Harry Martinson, 1904-1978），這次的演出是為了慶祝馬丁松的百歲冥誕。瑞典學院在給他的諾貝爾文學獎頒獎詞中，讚譽其作品「捕捉了露珠而映射出大千世界」。為了讓我能勝任這個前衛而不易為大眾所理解的冷門劇本，話劇院特意請了陳邁平（筆名萬之）將劇本中譯，這也是馬丁松先生唯一的一部劇作。頭一次接觸奧祕、探索人性底層、艱澀棘手的劇作，還面對著強大卡司——十四位娘子軍（我笑稱他們為柏格曼女將）個個都不好惹，記得我在忍無可忍之下，對事不對人，還曾當眾教訓了柏格曼的老牌女演員碧比·安德森（Bibi Anderson）。幸好擔任劇本指導的是

烏拉，常常可以向她請教兼訴苦，那時艾藍常在她的辦公室看書或休息，也可就近討教，他總是極有耐心的說出他的想法。

艾藍是烏拉一生的摯愛，她幾乎等了他大半輩子，直到二〇〇〇年四月，兩人才正式結婚，演出了有情人終成眷屬的圓滿結局。

二〇〇七年十一月，我執導、編舞和擔任舞台美術設計，譚盾作曲的歌劇《茶》在「瑞典皇家音樂廳」演出，烏拉和艾藍都是座上嘉賓。他坐在輪椅上，烏拉推著他心滿意足的微笑進場，看到層層圍觀的人群，就知道「大明星」駕到。中場休息時，我和比雷爾走到觀眾席看望他們，艾藍非常高興的拍著我的臉說：「我很喜歡將樂隊放在舞台上架高的設計，歌劇能這樣演很有創意！」那時他已不良於行，但口齒和反應還是同樣的清晰、敏銳。

瑞典電視台在二〇〇六年拍攝播放了有關艾藍的紀錄片《日常生活場景》（Scener ur ett vardagsliv）。紀錄了他在得了帕金森症後的生活和工作狀況：他站著，跟著理療員唸一二、一二、一二……，反覆地抬腿學走路；坐著，做頭頸部和手部練習；躺著，做腳腿的伸縮運動。然後不停的有人來找他商量事務：舞台劇本、新書編輯、廣播訪問，名目繁多，川流不息；聽著準備在音樂劇中要用的音樂，艾藍還隨著節奏童稚的搖頭晃腦加聳肩……。

他和疾病不屈不撓搏鬥的精神，著實讓我異常感動。這一個小時的紀錄片中，有不少他以前演過的電影的精彩片段、劇照和不同時期的生活照。這麼一位風流瀟灑的男子漢，如今要當眾「獻醜」，為得是想勉勵他人，鼓勵大家積極面對人生逆境，保持樂觀進取的態度。

最近我去看烏拉，她告訴我這部《日常生活場景》，整整拍了三個月，攝製組每週五天上下班時間到他們家，紀錄下每個日常生活的點滴細節，以求不失真。而她也得以從保姆的位置「休假」三個月，可以照常到

劇院工作。其實，艾藍接受拍攝也是歷經掙扎的：一開始他對自己無法掌控的舉止感到不光彩，想躲藏起來，想逃離眾人的目光，所以苦惱萬分；但他離不開生活的「舞台」，更離不開觀眾，因而決定坦然面對，幫助自己走出困境，也幫助千千萬萬的人。他曾經說過是為了「結合古代人類的經驗，適時的風騷一下」，而決定拍攝這部紀錄片。他以堅毅不拔的勇氣面對苦難和不幸，遺愛造福世人，這是何等的胸襟和境界，他留給世人的不是外表的風流俊美，而是一顆關愛之心，把真正心中的美和愛寄情人間。

人性中的光輝造就了真正的「大明星」，如今這顆閃閃發亮的明星在天際高掛著，在幽暗中、在夜空中，給需要的人們指引循行的道路和方向。

二〇〇八年秋天，比雷爾臨終時千叮萬囑：葬禮越簡單越好，要有許多鮮花但絕不要悼詞。簡單是最難為的，雖然在他指定的教堂中舉行葬禮，但他沒有宗教信仰，不適合有宗教儀式。艾藍和烏拉建議：在葬禮中可以請人朗誦，他們挑選了認為比雷爾會喜歡、也極適合他的一首詩，並請人將詩歌轉交給我，作者是瑞典的詩人比雷爾‧舍拜里耶（Birger Sjöberg, 1885-1929），還邀請了瑞典皇家話劇院的資深演員裴爾‧莫柏伊（Mr. Per Myrberg）來朗誦這首詩——

……那發生在夏天守夜時

(…Som Sker vid Sommarra Kan…)

若是我兄弟看法對，死亡是一種煩惱
它像焦慮一樣，說不定就度過了煎熬。
清晨破曉容易，同一瞬間又會變昏暗。
正當我們的陽光逝去，又在鳥鳴中閃耀。
就在我哀嘆「我要死了」的時候，
夢見我在活動著手腳。
在草坡上飄然地向前

聽見風中彈奏弦樂舞蹈。

儘管白色屍布令人恐懼——這危險不同於
在六月夜晚進程中最溫和的昏暗瞬間嗎？
夜晚如是——但那發生在夏天守夜時就如此
等待一會兒——早晨就要開始歌唱！
昏昏沉沉睡在枕頭之上，
醒過來又是快活的旅程。
只不過是躺在那裡渴望……
這世界其實明亮而輝煌！

若是我兄弟看法對，真理火光就持續不斷，
我痛苦的夢——像一隻永恒的蝴蝶。
在多方面如狂風暴雨——但黑暗的死亡也是善。
就如煤黑的水流，流到青翠的河灣。
正像是我心臟的跳動
在麻木之中，我又感覺到
新鮮健康，幸福如波浪
沖洗在顏色發紅的日子裡……
（萬之／譯）

現在看來送這首給比雷爾送行的詩，隱約之中或許也是艾藍的心境寫照吧！抑或是他對生命和死亡的看法和認知？無需也無法再問了！

最後見到艾藍是去年秋天，我想在動身去紐約前探望一下他們。那時烏拉剛退休，專職照顧艾藍，讓人難以想像的是：一輩子工作忙碌的戲劇界女強人，如何在家裡當全職的保姆，照顧一個完全需要依賴她的boy（小男孩）？到底烏拉也不再年輕了。到了他們家，看到他倆面對面坐在客廳，似乎陷在四周堆滿了的書籍和紙張中，記事的便利貼也貼滿了整個壁

　　　　　　　　　　　　　　　　　　　故人故事

艾藍、烏拉在鄉間和愛犬膩在一起。

板。原來他們正在合寫音樂劇劇本，打字的工作當然由烏拉擔任，艾藍則口述「點子」。當時艾藍的口齒已不易聽明白，喝了茶，烏拉建議一起陪艾藍做按摩理療，利用理療的時間，我們可以在附近咖啡館聊聊天。從家裡到公寓大門，我們倆連抱帶推，前前後後花了近四十多分鐘才讓艾藍坐上輪椅，慢慢推到理療處也得花上半小時，烏拉若無其事的說：「這是我每天的運動！」我主動要求推輪椅，好讓烏拉暫時歇歇，她投來感激的目光。艾藍不時去拉她的手，眼神中透著一份依賴，我心裡想或許這就是所謂地老天荒的愛情吧！

　　艾藍自得的坐在輪椅上，就好像在舞台上演出一般，面帶微笑的頻頻向過往行注目禮的行人點頭，有時還會略微抬手，好像是在打招呼。他的氣度、舉止依然優雅，儼然是位不折不扣在天際高掛的「大明星」！

2012年6月18日初稿，7月11日修正

李翰祥

1926-1996

出生於遼寧葫蘆島，曾於北平國立藝術專
科學校學油畫，並在上海學習戲劇和電
影。1948 年移居香港並從電影基層做起，
1954 年在邵氏執導的第一部電影《雪裡
紅》即嶄露頭角。1963 年到台灣創「國
聯電影公司」，為台灣電影打下深厚的基
礎。編導過近百部電影，他以精緻的佈景
陳設、流暢的鏡頭運作以及練達的人情世
故為人所稱道，也為華語影壇開風氣之
先。除了歷史宮闈片、黃梅調影片、風月
片、奇情片之外，其寫實小品亦頗受矚
目，曾獲金馬獎與亞洲影展眾多獎項，亦
是極受歡迎的專欄作家，著有《三十年細
說從頭》等書。1970 年代中回到香港，
為邵氏拍攝《瀛台泣血》和《傾國傾城》
等片；1983 年至北京拍攝一系列清宮片；
1996 年 12 月在北京和《火燒阿房宮》劇
組開會時，因心臟病發離世。

故人故事

1963年12月14日，隨李翰祥到台北
松山機場下機時攝。李翰祥（招手
者），江青（前）、朱牧（右）、
郭清江（後）。（中央社）

同船過渡都是有緣人？

——李導演翰祥

二〇一三年是台灣電影「金馬獎」五十週歲，金馬還在健跑可慶可賀！也是「國聯」影業公司成立五十週年紀念（1963-1969），國聯早就落跑了，可惜可嘆！

對熟習那段影史的人，大概都知道國聯就等於是李翰祥導演，他本人就是影史的一部分，而現在的一代，對他的影業生涯已很陌生了。我是第一個和「國聯」簽合約的演員，並主演了國聯的創業作和結業作，參與了國聯的興衰。我把這段生命中曾經重要的歲月前前後後的作記註，就像現在不隱瞞那生出的許多銀白髮絲一樣。寫時才恍悟：於我，國聯始終是無形的存在著的。

一九六三年我十七歲，是邵氏「南國演員訓練班」的學員兼教舞蹈的小老師。一天，突然被通知去邵氏清水灣片廠見李翰祥導演。我剛由北京到香港一年，沒看過他的電影，對大導演並無高山仰止的心態，完全不知緊張，在副導演劉易士帶領之下去見了他。李導演一口標準的國語，地地道道寬厚的北方人，講話中氣十足。他約我之前就知道我是北京舞蹈學校科班出身。見面時毫無客套，沒有任何質疑的，就給我定下了影片《七仙女》編舞指導的工作，還交代劉易士把周藍萍先生作曲的黃梅調音樂聲帶，讓我帶幾段回家，要我根據唱詞回去琢磨一下，把其中的兩段舞編好，過兩天再拿出構想和方案，跟他進一步詳談。

我從來沒編過舞，但在舞校從二年級時就開始上台，演出過不少舞蹈；在北京五〇年代後期和六〇年代初期，適巧是文藝「百花齊放」的大好時光，看各類戲曲表演的機會很多，其中也包括安徽黃梅調。《七仙女》就是家喻戶曉的傳統黃梅調劇目《天仙配》所改編的。我就像對付學校考試那樣，根據自己對劇情的理解，按照音樂及唱詞，設計了幾個方案，又畫了些舞蹈場面的隊形變化圖樣，幾天後，又進了清水灣片廠見李導演。這次見面倒是知道緊張，因為「南國」的負責人顧文宗顧伯伯十分愛護學員，一聽到我要給李翰祥工作，就千叮萬囑的要我把握這千載難逢的良機，認真對待工作，盡量表現自己的才能。還詳盡的為我介紹李導演的經歷以及過往的輝煌紀錄：李翰祥年輕時在國立北平藝術專科學校主攻西洋畫，課餘熱愛戲劇；四八年到香港之後，從特約演員開始，畫過電影看板、佈景，搞道具陳設，兼當演員和配音員；好學的他開始由場記做起，找機會學習剪輯，然後編劇、副導演、導演，他的處女作《雪裡紅》一炮打響；後來的《貂蟬》、《江山美人》連續賣座成功，使得黃梅調電影在國語影壇大放異彩、大行其道，成為當時電影的主流。

　　接著三部大片：題材是中國歷史上著名的三大美人《楊貴妃》、《武則天》、《王昭君》，更在票房和影展上大有斬獲。六二年的黃梅調電影《梁山伯與祝英台》轟動遐邇，尤其是在台灣，上映後勢如破竹，影迷的

狂熱可說達到瘋狂的程度。眼下這部《七仙女》完全是《梁山伯與祝英台》的原班人馬挑大樑。我剛從學校畢業初出茅廬，能如此幸運地在金牌導演指導下工作，並參與這個鑽石陣容，萬萬不可掉以輕心。

第二次再見李導演，原本不知天高地厚的我，知道他是首屈一指的導演後，心中有些忐忑，但見他毫無架子，也沒耐心等我把所有的方案講完，就三言兩語的告訴我他的要求，然後說「你就自己看著辦吧！」很信任的語氣，我的心也就跟著踏實了。

沒多久，就接到正式開拍的通告，片廠還派小巴接送我。開工的第一天，在化妝間見到飾演七仙女的樂蒂和飾演董永的凌波這兩位大明星。打招呼時，樂蒂冷若冰霜的點個頭，完全沒開腔，我心裡直打鼓，正不知如何下台時，幸好凌波笑臉迎人的主動跟我談上了；我告訴他們我在此片的工作性質後，就去攝影棚恭候。第一場戲拍的是「路遇」，李導演先拉個戲路，我就按照戲路往裡安動作。凌波是廈門歌仔戲出身，反串小生是本行，可以配合劇情需要出動作，樂蒂則要我先和凌波試好了，導演也同意了，她再依樣畫葫蘆。到底都是有經驗的演員，工作進行的很順利。幾天下來共拍了兩場戲。但拍攝現場的氣氛有點不尋常，先是聽說樂蒂為了排名的問題，以及種種讓她心中彆扭的事，發小姐脾氣；後來，因身體欠佳不再出現片廠；隨後方知她已跳槽，簽約加盟了國泰電懋影業公司。

女主角不來，李導演只好另覓人選替代，請了在胡金銓導演的《玉堂春》中扮演酒家女的南國學員李國瑛（李菁）、倪芳凝（方盈）和我去他家，每人唸了一段話劇《雷雨》的台詞，還給我們拍了造型照，結果老闆邵逸夫先生選了方盈演七仙女。不久，又從頭開始拍「路遇」，一個新人既要顧演戲，又要對嘴唱，還得手舞足蹈，負擔實在太重，拍戲進度很緩慢。幾天後，李導演請邵老闆到攝影棚看現場拍攝狀況，結果決定讓我這個小老師上陣演七仙女，仍然兼任舞蹈指導。

　　　　　　　　　　　　　　　　　　　　　　故人故事

▲1963年，邵氏的《七仙女》拍攝的第
　一場戲「路遇」，我飾七仙女，凌波
　飾董永。
▼1963年，國聯在台開拍的《七仙
　女》，我和錢蓉蓉的「路遇」。

同船過渡都是有緣人？——李導演翰祥

和凌波拍第一場「路遇」時，我們有商有量，總能很快的找到一個彼此最得心應手的身段組合，套在李導演要求的戲路中，導演對起用我這個新人好像也胸有成竹。在片廠裡凌波毫無架子，懂得關心新人，我就稱呼她凌波姐一直到現在。

本以為一波三折的《七仙女》會順利拍完，結果在新加坡「國泰」和台灣「聯邦」公司的慈惠和支持下，李翰祥從兩家公司中各取一字，成立了「國聯影業公司」。此事被邵氏洞悉，揚言提告。李導演是吃軟不吃硬的脾氣，打官司更要走人。於是便邀我加入國聯成為基本演員，和凌波一起到台灣拍創業作《七仙女》。但事態急轉直下、臨陣生變，凌波並未加入國聯，而是繼續留在邵氏拍《七仙女》。

一九六三年十二月，李翰祥導演雄心壯志帶著首批人馬飛赴台灣，我也在打頭陣的團隊中。李導演此時身兼老闆之職，在台北泉州街一號、原鐵路飯店舊址設立國聯公司，他就像《七仙女》中的王母娘娘一般，「呼風喚雨」又「調兵遣將」，啟用在台灣影視界能歌善舞的錢蓉蓉（容蓉）小姐反串董永，僅以十八個工作天拍攝完成。

由於兩部片隔海大戰，又是國聯的創業之作，新聞報導舖天蓋地，上映前宣傳字眼上介紹我「未演先紅」，上映後改成「一砲而紅」。我在毫無自知之明的情況下，還被記者選為「最有希望的明日之星」。

為了打鐵趁熱，下部片子也緊鑼密鼓的開拍了。這是由京劇《碧玉簪》改編的黃梅調影片《狀元及第》，還是由李導演親自執導，我演女主角李秀英，男主角王玉林則由出身大鵬劇校的鈕方雨反串。李導演在空軍新生社欣賞國劇時，意外發現了這位唱作俱佳、扮相瀟灑的小生，馬上網羅旗下。因為這部片無須趕工，李導演開始慢工細活起來，把他的拿手好戲：佈景、道具、服裝、陳設，全都鉅細靡遺的追求完美。記得因不符

　　　　　　　　　　　　　　　　　　　　　　故人故事

▲國聯乘勝追擊拍攝《狀元及第》。圖為李翰祥導演在影棚教戲。
▼1964年，《狀元及第》全台賣座冠軍。圖為劇中的江青和鈕方雨（右）。

合他的理想，還兩次下令拆除金雕玉鑿的手繪內景，不光是龐大的佈景損失，更重要的是時間的耗費。

賀賓和周曼華這兩位四、五〇年代紅遍大江南北的大明星，在片中分飾我的父母；而賀賓的太太，以演技聞名的王萊姐，飾我的婆婆。大家都只能背地裡乾著急，尤其曼華阿姨更是擔憂不已，她是聯邦公司老闆之一張九蔭先生的夫人，完全是情商復出，為的是能一箭雙鵰：支持國聯，同時也支持自己的老公。

李導演自己當老闆以後，和以前只當導演時一個樣，依然故我沒有成本觀念：預算有，但形同虛設，完全無法有效執行。結果《狀元及第》是六四年全台賣座冠軍，在香港也賣座鼎盛。同年我還當選《徵信新聞報》舉辦的十大影星之一，由發行人余紀忠先生頒獎。

六四年六月，十一屆亞洲影展第一次在台北舉辦，對於當時的台灣是件盛事。李導演大概希望在影展中能展現大公司的陣容和派頭，又大手筆的請人專門設計了三套國聯團服，從頭到腳給所有的女演員（二十六位）扮上：一套是小鳳仙式樣的短襖長裙；另一套是軟緞上繡了鳳的長旗袍，外加銀色小披肩；還有則是適合在白天隆重場合穿的套裝旗袍。六月十八日，在陽明山參加總統蔣介石、宋美齡伉儷舉辦的影展茶會中，我們就整齊劃一的穿著旗袍套裝出席「亮相」。

記得當時我對於千篇一律的「制服」最反感，提出抗議時，李老闆只當耳邊風。誰要我是「國聯當家花旦」呢，不好帶頭添亂，因此每次都在最後一分鐘才不情願的把衣服套上，場面事一結束，就又忙不迭的把「制服」給脫下。

萬萬沒有想到，「亞洲影展」卻在悲劇中落幕！

一九六四年六月二十日下午，一架民航機在台中縣神岡鄉失事墜毀，

▲1964年，亞洲影展開幕式上，國聯演員穿著小
　鳳仙裝亮相。右起：趙雷、江青、容蓉、汪
　玲、王莫愁、鈕方雨、雷震、甄珍。
▼當年穿著「制服」繡鳳旗袍的國聯五鳳登台
　剪綵。右起：江青、汪玲、鈕方雨、甄珍、
　李登惠。（台灣電影資料館提供）

同船過渡都是有緣人？——李導演翰祥

1964年7月《西施》開鏡那天，左
一朱牧，左二姚鳳磬，左四江青，
右三李翰祥，右二台製廠長楊樵，
右一攝影師王劍寒。

故人故事

《西施》在台北白沙灣搭了氣勢磅礴的外搭景：越國禹王廟。（台灣電影資料館提供）

同船過渡都是有緣人？——李導演翰祥

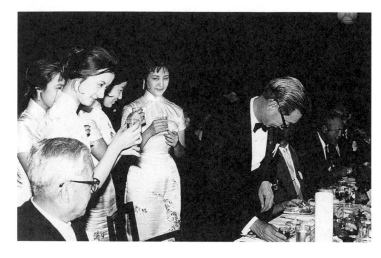

1964年的亞洲影展晚宴上，國聯女演員向陸運濤敬酒，這是他最後的身影。（台灣電影資料館提供）

機上五十七人全部罹難，其中十四人是影壇菁英，確切的說，他們都是國聯的後台大老闆。國聯公司如遭雷擊折柱，星馬地區電影鉅子國泰老闆陸運濤夫婦、聯邦總經理夏維堂先生、台灣製片廠龍頭老大龍芳廠長……都是為了配合影展和《西施》的開鏡日期，訪問台灣，如今卻成了亡魂。照理說，李翰祥導演是最有資格陪同三巨頭去霧峰參觀故宮文物以及勘查新片廠廠址的，但他逃過此劫，一來是因為《西施》開拍在即，前期工作負荷極大；二來是他的性格，雖然事業心極強，但藝術家的脾氣是不屑和達官顯貴逢迎周旋的，以他自己的說法「我不要做那個叮著肉的蒼蠅。」結果，原定五天後開鏡的《西施》，在合拍協議書上簽字的只剩李翰祥。

《西施》拍攝的起因是國聯初創時，李翰祥在龍芳廠長陪同下一同拜會蔣經國，蔣先生提及「勾踐復國」可以作為電影拍攝題材。順著這個提議，龍廠長邀請李翰祥執導，促成了日後的合作。

一般人推測這部歷史鉅片將隨著空難悲劇導致流產，但是當時台灣的政治情勢，需要一部忍辱負重、以古喻今、鼓舞人心的教育片。因為「反共復國」是那個時空背景下的政治使命；而李翰祥的雄心壯志則是：「要

為國產影片和金獎大導演，樹立新的歷史里程碑；也為國產影片開拓新的境界。」這就需要政府財力和人力方面的支援。在各取所需的前提下，台製新任廠長楊樵先生很快的走馬上任，《西施》於同年七月二十二日開鏡；我不是廣告中所言「美人中的美人西施」，也並非「長袖善舞」，但卻因我擅長「手舞足蹈」，極其意外的扮演了西施。

從影才一年，在國聯先演仙女，再扮閨秀，現在又在「巨片中的巨片」飾演歷史上頭號美女間諜，而且一連三部戲都是李導演親自執導。他家裡人和影圈內外的閒話多了起來，風言風語的不外乎：不需要說明和明說，明眼之人和眼明之人，一看就一清二楚……。

那年我十八歲，第一次嚐到了成年人的苦惱。無從解釋起就只能當瘋言瘋語吧！當時想只要行得正，半夜不怕鬼敲門。對這些說三道四和道四說三以及顛三倒四的蜚短流長，李導演當然心知肚明，知道有好長一段時間我不願去他家，為得是怕聽那些指桑罵槐，聰明人如他，也就不強我所難了。

當年，李導演讓我備感敬重的是他精益求精的專業精神、創業的膽識和氣魄，以及他對電影的那份癡狂，也欣賞他的重承諾（至少對我）：我答應去台灣拍片，但前提條件是絕不能打著「反共藝人」的頭銜。我離開大陸是基於複雜的家庭因素，和反共叛逃完全無關。我在母校北京舞校受益良多，人不能過河拆橋，這是為人處世最起碼的原則。雖然當時在台灣「反共藝人」會是最方便、最吃香的宣傳伎倆。李翰祥孤注一擲成立國聯，想在台灣揚名立萬打天下，本人也深諳電影宣傳之道，他完全可以為了「事業」的騰達，把我的過去拿來搞宣傳。

我們在香港簽國聯的合同時，雖然在合約上並沒有白紙黑字列明，但他一諾千金，在台灣從未在公開或私人場合提過「反共藝人」。由於當時台灣的政治氛圍，除了極親近的人之外，我也需要對自己的敏感身份「保密」。起初大家只知道我是香港邵氏南國演員訓練班的學員，後來因為在

國聯五鳳在泉州街一號國聯公司
大門口。左起：李登惠、甄珍、
汪玲、江青、鈕方雨。

故人故事

1965年，李翰祥榮獲十大青年
金手獎，江青道賀。

同船過渡都是有緣人？——李導演翰祥

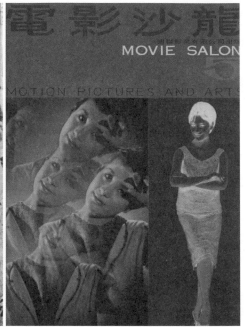

▲1966年3月《國聯電影》創刊號封面江
　青（右）、汪玲。
▶國聯在台灣出版的《電影沙龍》，是本
　素質極高的電影雜誌。這期的封面是我
　在《窗裡窗外》的劇照。

國聯成名，大家又以為我是台灣演員，直到很多年後，我說起我在北京受
的教育，大家還真的轉不過彎來嚇了一跳。想來這也是政治加諸於藝術和
人的困擾，反映了中國現代史的扭曲和荒謬。

　　回想起來，其實從李導演那裡，我在不知不覺中學到了運鏡和剪接的
基本常識。由於我在前兩部黃梅調電影中擔任編舞，《西施》又有館娃宮
響屧廊中的一段舞蹈，加上他導的《風塵三俠》，雖然是美瑤姐主演，也
讓我擔任舞蹈指導。所以在舞蹈的部分，為了藝術上的分工和專業尊重，
在分鏡時總會和我這個舞蹈指導有商有量。我當然是個外行，笑他對牛彈
琴，但他還是熱情洋溢的「自說自話」，而且還用非常具象的語言來描摩
畫面，讓人感覺歷歷在目。我只知道舞台調度、台下觀眾的視覺效果，不

　　　　　　　　　　　　　　　　　　　　　　　　　　　　　故人故事

懂通過鏡頭看舞蹈，角度和可塑性完全是兩碼事；再加上剪接就又是另一種學問了，不同的接駁和節奏的掌握，完全可以產生和發揮截然不同的效果。剪接時如涉及舞蹈，他也希望我在現場參與，他老是不厭其詳反覆的嘗試這樣或那樣的可能，聽多了看多了，我也是個好學之人，多少總會明白點。

九三年，心血來潮，用自己兒時在上海的往事經歷，寫了第一個電影劇本《童年》，躍躍欲試的想嘗試當導演。後來得知新聞局有「台灣優秀電影劇本」的甄選，臨時交件參選，結果意外的獲獎。我寫劇本時，除了劇情對白之外，自然而然腦中會有畫面出現，因此劇本中有不少對鏡頭的提示，大概評審們由此看出我不是門外漢。獲獎時，心想那應是在國聯時期被李導演潛移默化的結果吧！需要時就用得上，絕對不是「信手拈來，得來全不費功夫」。不過最後又是因為政治因素，花了一年的時間籌備，電影終究沒能拍成，只能慨嘆生不逢時。

台灣影史上空前的大製作《西施》，獲得傲人的成績。六五年，李導演四十歲，因他在電影上的特殊貢獻，榮獲第三屆十大傑出青年金手獎。六六年，又以《西施》贏得了第四屆金馬獎最佳影片、最佳導演獎，票房也是賣座冠軍。但國聯的財政卻陷入困境，主要是《西施》拍攝時間拖得太久，預算超支太多，公司規模太龐大……。我住在大本營泉州街的宿舍，房門外就是會計室，整天聽到公司調頭寸，每天下午三點半銀行關門之前必須把錢存進帳戶，為解燃眉之急連高利貸也借，債務就像雪球般越滾越大。但這些並沒有挫折李大王的鬥志。

六六年，在台灣出版由國聯資助的《電影沙龍》雙月刊，又於香港發行《國聯電影》，成本高又沒廣告，是不為圖利的氣魄與眼光。從《電影沙龍》創刊號李翰祥所寫的發刊詞，可見他當時的心境：「……這一段時期，國聯蓬摧櫓折，風雨飄搖，在事業上所遭遇的困擾，在經營上所面對

的難題，足夠使人容顏老去，壯志消沉，但是⋯⋯」

當時，他忙著應付公司的財務危機，沒空也沒心情拍片，但仍然大張旗鼓，由國聯出品、他任策劃導演，開拍多部新戲。李導演之所以擔任策劃，是因唯有李翰祥三個字，片商才肯買片，這樣才得以發掘扶植新演員、新導演，在振興台灣影業的同時，也得以維持公司逾百名員工以及片廠龐大的經費開支。但他不是只掛名而已，絕對是名符其實的策劃導演：題材由他挑、劇本由他審、導演和主要演員由他選⋯⋯，很多主場戲他還會參與意見。他當策劃有些霸氣，也帶些大王氣，但很多執行導演因此得到機會，開始走向導演之路，如宋存壽、朱牧、王星磊、張曾澤⋯⋯，也使台灣電影後繼有人，蓬勃了十幾年，留下他電影生涯中理想而浪漫的一段佳話。

這些由他策劃的電影中，六六年，我先演了楊甦導演根據瓊瑤原著改編的《幾度夕陽紅》，並獲得第五屆金馬獎最佳女主角獎；又演了由林福地導演根據楊念慈原著改編的《黑牛與白蛇》，這也是國聯出品的最後一部電影；接著林福地又導了瓊瑤原著〈迴旋〉所改編的《窗裡窗外》，片子是完成了，卻是由萬邦公司出品。

四面楚歌聲中，國聯名存實亡了。六九年，李導演執導了一部他自認最滿意最樸實的《冬暖》，我極其喜歡這部以小人物為主題的寫實電影，可惜叫好並不等於叫座。兩位主角歸亞蕾和田野在導演的啟發之下，把有血有肉的小人物，刻畫的絲絲入扣。

七〇年，由藍天公司出面，在影劇界發起拍攝《喜怒哀樂》幫李翰祥紓困。當年四大導演各導一章：白景瑞的《喜》、胡金銓的《怒》、李行的《哀》、李翰祥的《樂》；所有編、導、演，全都是友誼義務贊助。我參與了《樂》，飾演村姑銀菱，自覺在演繹角色把握上有失分寸，且由別人代為配音，或許聲音太過嬌嗲也是部分原因吧。因李導演嫌我聲音沙

▲《喜怒哀樂》中李翰祥導演的《樂》，
　我演村姑，葛香亭飾漁翁。
▼我將李翰祥的《樂》改編成舞劇，我
　扮新寡，周龍章飾漁翁。

啞，不適合片中小姑娘角色，因而請人配音，當時他正處於「水深火熱」中，我不能不聽指揮，免得再添「麻煩」。

我偏愛《樂》，雖是小品型作品，但我認為這是李導演最具個人風格的藝術傑作。知名影評人焦雄屏也認為：「這段小品是李翰祥所有作品中最理想化、抒情味道最濃、也最不犬儒的電影。」

《樂》幾乎全是內景攝製，遠景佈景片採用黑白寫意的國畫山水；其他如水車、小橋、枯枝、茅舍……無一不點到為止，簡潔、抽象、樸素無華，一反往常堆金砌玉金碧輝煌的宮殿氣勢，整體畫面色調和諧、飄逸，是一幅結合田園詩詞於畫境且韻味空靈的畫作。而且故事情節和戲劇張力都用鏡頭表達，有一氣呵成之感。它是以人出發，標榜為善最「樂」的人生觀，同時探討了人性、友情和誠信。我曾在《往時‧往事‧往思》一書中寫道：「淺顯的故事中，顯現著人，同時又是中國人的精神。是一部富哲理卻又充滿了人情、趣味盎然令人玩味的佳作。……給我的提示是：一部作品在藝術上的成就與財力無關，在不能藉助於物質條件的功能時，唯一可利用和發揮的莫非是自身的潛在力。七八年，我基本上借用了原故事，創作了舞劇《樂》。……舞台上不斷再現的四季變遷和延續，象徵著輪迴，也同時暗示著持久不渝的友誼。舞劇演出比電影晚了八年，我不好再扮村姑而扮了新寡（電影中李麗華飾）。無論如何也算是一個離懷，聊作對自己從影期間偏愛作品的紀念。」

七〇年初，意外的得到通知，李導演要我客串演出《緹縈》片中的姐姐，雖然正式從影後並沒演過配角，但對他所執導和投資的片子，有一種好像對於家庭的那種感恩回饋之心；大王有急豈能不助，於是和好友歸亞蕾一起欣然加入。

我和亞蕾都很喜歡於梨華的小說《夢回青河》，國聯早已買下電影版權，劇中有兩個戲份旗鼓相當的女主角，李導演認為我們為《緹縈》客

串，他可以把《夢回青河》的劇本給我們，自己找人拍，條件是得租用國聯的器材。恰巧好友、好人、好導演小宋（宋存壽）正好有檔期，於是籌備工作便順利的展開了。那段期間李導演籌拍《八十七神仙壁》，要我演女主角並兼編舞，他任導演，兼作美術——設計、畫佈景一腳踢，因為財務虧損已到無法發工資的地步。成功的導演成了失意的老闆，他情緒低落，一反常態的不再每天邀約一堆人到家中喝酒聊天了。

當時我的婚姻關係緣份已盡，分居後，帶兒子回香港娘家住了一段時日，然後回台灣籌辦「江青舞蹈社」。《緹縈》、《夢回青河》、《八十七神仙壁》，使我和李導演工作接觸的機會又多起來，我絕口不提，他也絕口不問我家中私事，但我知道他絕對清楚，因為太多喧囂、太多繪聲繪影的謠言，從他家裡散播開來，終至「滿城風雨」。再次合作，又是老搭檔，想當然、想必然、想自然而然就認定非是如此，又是無從解釋起，讓我啞巴吃黃蓮有苦無處訴。

七〇年，春節期間帶著兒子去逛年貨市場，在那裡「路遇」李導演，他也帶著兒子在外頭閒逛。結伴同行時，他勸我為了兒子千萬不要離婚，還說自己家裡吵得兇只好躲出來，還是為了我。

不記得是他說的還是我說的，或許是一起說的吧！「伸頭一刀，縮頭也是一刀，反正是躲不掉的。」我站在街上眾目睽睽之下，止不住的淚水像決了堤的河，哭得迴腸蕩氣，把所有愁腸中的苦楚和憋在胸中的怨氣，全給發洩出來。他跟我同樣地不如意、同樣地心情惡劣、同樣地失敗、同樣地受傷、同樣地迷惘……，太多「同樣地」使我們不管不顧的跳上了同一條船，隨它漂也好、搖也好、停也好、轉也好，甚至任它翻覆也好。

船翻不了也沉不下去，得找岸，但我們再找也找不到。那時翰祥曾問：「有人說同船過渡都是有緣人，我們又何止同船過渡？但我們的緣又在哪裡？」在碧潭划船時，看到月色底下「危險勿近」的那塊岩石，還是

回頭是岸吧！不久，我和他便在痛苦掙扎下，下了那條原本就不該上的船。幾個月後，不想與我簽字離婚的劉家昌，從韓國僑居地回到台灣，我以為夫妻緣盡了還可以是朋友，見面時，坦言感情上的困擾。他似乎難以相信，因為過往類似的謠言實在太多了。

不料數日後，他挾持兒子作人質怕我講真話，一場自編、自導、自演的大戲，就在片場怒摑李翰祥後開鑼上演，他蓄意製造「婚變」是由於第三者的介入，桃色緋聞轟動整個社會。當晚港台報紙出了號外，大事渲染報導，這場最終簽字離婚的「婚變」戲碼，情節之曲折、之複雜、之匪夷所思……幾乎於我致命的一擊！

如今，在四十二年之後舊事重提，尤其是屬於私生活，似乎近於無聊和荒謬，但那時我的「私」領域是不存在的，過度曝光在大庭廣眾的眼皮下，太多的謊言、太多的臆測、太多的疑問、太多的好奇、太多的迴避、太多的閒話、太多的文字、以及太多太多的一切；直至不久前還有人在啃咬，這都讓我感到有責任該坦然面對過去發生的事。

實在有太多人為的東西，太錯綜複雜了，我不想揹著這個強加予我的黑鍋走一輩子，我想卸下，也為了第二、第三代不再被蒙蔽、被傷害。

整個事件受傷最深的是兒子劉繼成，他失去太多，承受太多的扭曲和屈辱……。他早已成家，有了一子一女，我兩個可愛的孫兒，我希望他們不再被這些事所纏擾。李導演走了十六年，人走了還揹著黑鍋，對他來說不公道也缺厚道。雖然我知道他並不在乎這些嚼舌，他曾經用泡茶給我打比方：「誰能干涉我泡兩杯茶？誰能不讓我把兩只茶杯靠在一起？輿論嗎？法理嗎？人情嗎？誰能？誰敢？……」

七〇年，戲劇性的「婚變」，我「逃」離影界遠去美國。再見李翰祥是八年後了。七八年，江青舞蹈團由紐約到香港參加「亞洲藝術節」的演出，他約了我和一幫舊友蔡瀾、岳華等人在避風塘吃海鮮。「不提

▲1970年，李翰祥親自繪製《八十七神仙壁》中的壁畫，但影片終究沒拍成。
▼1970年，我應李導演之邀客串《緹縈》。左起：胡錦、江青、潘迎紫、歸亞蕾、甄珍。（台灣電影資料館提供）

往事。」我說,「好!」和以往一樣,他一諾千金。我跟他談我目前的工作,給他看舞團的資料,在船上他用舞團印的小頁,順手寫了兩首打油詩,其中一首為:

　　避風塘是必瘋堂
　　必瘋堂裡畫鳳凰
　　鳳凰不落無情地
　　懶看瘋人吃鴛鴦

　　八〇年代初期,母校升格為學院,成立了舞蹈教育系,八二年應邀授課一學期。有一天,和陳錦清院長在北京飯店談事,事畢離開飯店正推著玻璃旋轉門往外走時,李導演正推著同一扇門往裡走,我們又在北京戲劇性的「路遇」。會用「路遇」二字是因為我參與的第一部影片《七仙女》,在邵氏片廠拍的第一堂景,七仙女在路上巧遇董永那場戲就叫「路遇」,然後隨他去台灣拍國聯創業片《七仙女》,搭的第一堂內景又是「路遇」。李導演笑說:「好像我一生中一遇見七仙女就要和董永一樣的遭殃……」
　　適巧,他正在北京籌拍以慈禧太后為主軸故事的《葉赫那拉》(原劇本名),後改為《火燒圓明園》、《垂簾聽政》。是由中國電影合拍公司撮合,北京中央電影製片廠與李翰祥新成立的新崑崙公司合作。他似乎和二十年前初創國聯般那樣意氣風發,我也著實為他能再拍史詩鉅片而高興。他最喜好歷史考據和古玩,這部戲對他來說是正中下懷,不但可以用紫禁城實景拍攝,難得的是,宮廷珍藏的寶物都能作為道具,古蹟實景和以往的搭景,不可同日而語,而真古玩和仿製品更不能相提並論。清宮片的開拍,可以說讓他過足了癮,也圓了他追尋多年的故國夢。

《葉赫那拉》劇本改動過多次，據他說劇作家和歷史學家們見仁見智，甲認為有問題的，乙認為是神來之筆；乙認為應該修正的，倒正是甲認為最欣賞的部分。他請製片將劇本交給王浩先生帶到紐約給我，想聽聽我怎麼想。我擔心的倒是他因個人偏好，會花太多精力在精益求精的美術，以及不厭其詳的考據和大場面的舖陳上，以致於喧賓奪主，太過搶「戲」，容易因此忽略了主題。我坦誠相告《西施》就有類似的問題，我還是喜歡由人性出發、講人的故事，無論是甚麼樣的題材和手法。

　　那時在北京為舞院創作舞劇《負‧復‧縛》，也在紐約編獨舞《回》，那是為江青舞蹈團是年在紐約的公演，兩個作品用的都是譚盾的音樂。譚盾是中央音樂學院的研究生，非常有才華，我介紹他們認識，不久李導演相告：「作曲也受了你的影響，決定找譚盾來搞，給了他《葉赫那拉》的劇本，我和他講了序幕，他挺興奮，看樣子是真的蠻歡喜。」後來，我便收到譚盾寄來的影片主題曲錄音，由李谷一演唱「艷陽天」。

　　《負‧復‧縛》在北京舞院第一幕連排審查時，李導演想先睹為快，帶了太座和北京的好朋友，他還給連排以及我在舞院時期工作的匯報演出拍了錄像。審查時，排練室擠得水泄不通，院領導和北京舞蹈界的人物都在座，大導演自己掌機拍攝，全院轟動。李導演走了好些年了，這卷三十年前攝製的像帶，卻無恙的保存在紐約林肯中心表演藝術圖書館，這不得不拜科技進步，能將珍貴的資料轉成數碼圖像存檔。

　　舞院審查之後，因當時中國對於「現代」二字特別敏感，排了一幕以後就沒再往下排，所以此帶是僅存的唯一紀錄。

　　李導演在北京的朋友圈中，我最談得來的是他四〇年代中後期在「北平藝術專科學校」的同學侯一民與鄧澍夫婦。他叫他小侯，我則尊他侯老。初識時是在侯副院長的家，位於西總布胡同中央美院的宿舍，屋裡陳設簡單，但畫畫材料、古董瓶罐、小玩意卻琳瑯滿目；他們夫婦除了畫水

墨、油畫,做雕塑、壁畫、製陶,收藏的古畫和新作滿屋皆是,有掛起的、攤在地上的、桌上架上堆積的;外加八哥、貓和蟋蟀活蹦亂跳的挺熱鬧,真是非同小可的玩家、雜家、藝術家。我們一同逛北京古玩曉市,也討論他的《葉赫那拉》,陪他在北京近郊勘景。侯老還替他畫了一幅慈禧的肖像,作為劇本封面和片頭使用,畫中的慈禧雙目炯炯,一副不怒自威的樣子,真不簡單。

　　九三年,侯老在北京市西郊戒台寺山下秋坡村買了一間民房改作工作室,熱心的拉了我和藝文界的朋友,麵人湯(湯夙國)、作家諶容等人作鄰居,想把那一帶變為藝術村,大家可以聚會互相觀摩。戒台寺是明代建築,寺裡蒼松古柏,秋坡村的泥又可作陶土使用。我想年紀大了跳不動時,可以製陶,老來還是落葉歸根吧!衝動之下當機立斷買下,而且立馬改建裝修成三合院。李導演看後說:「你幹嘛買,那麼遠,你不會用得上的!」我說:「你幹嘛整天買古董呢?也是用不上的東西呀,這就跟你買藝術收藏一個樣,看看想想就挺好挺美的!」

李翰祥油畫肖像。(侯一民、鄧澍繪)

不幸卻給李翰祥言中,以為老來可以「歸隱山林納晚涼」的家,我一天都沒用上,麻煩卻層出不窮,如今已「全村覆沒」了!離譜到不可思議的事,接連發生,那會是另一章令人啼笑皆非的故事。

今年五月底，我到戒台寺探望侯老夫婦，他們早就搬到目前頗具規模的工作室，佔地十來畝，位在寺的東隅，那麼大的地方，那麼多的展廳，但還是跟三十年前的美院宿舍一樣：畫作、古玩、雕塑、動物……滿眼滿屋滿院皆是，熱鬧非凡，置身其中有如置身博物館。在院中央的大展廳，看到他們夫婦倆八〇年代合畫的李翰祥肖像，正是他雄心壯志想在電影界再展宏圖那段時期，畫面捕捉了他當時的精氣神。午飯是在山坡上「農家菜」飯莊，我們從那裡往下望，可以看到秋坡村，侯老說他言猶在耳，複述了當年我和翰祥在村裡的對話，但一晃眼都快二十年了。

架上有本三十年前他送給我的《三十年細說從頭》，是他在香港《東方日報》副刊龍門陣上連載近兩年的文章的結集。之前，我早聽朋友們聊過，小咪姐李麗華就對廣為轉載的這個專欄很有意見：「這個『李黑』誰也不會饒過，說到缺德，簡直就缺德帶冒煙了。」因為文章多次「臭」小咪姐的老公、與「李黑」關係最密切的嚴俊。好友謝家孝是這部大作的「催生者」，當年談起時他解釋說：「李大導有時筆下開人玩笑，消遣別人，可是他首先消遣諷嘲他自己。」李導演贈書時，我也問他為何要挖苦張三李四，寫些閒扯的「廁所文章」？哪知他順手拈來，幽自己一默，在書上題字：

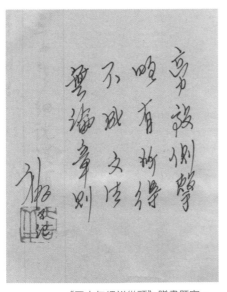

《三十年細說從頭》贈書題字。

旁敲側擊
略有所得
不成文法
無論章則

九四年，漢寧十歲，他的生日禮物是先去敦煌，再去西安、北京，之後由香港回到瑞典。這是他第一次去中國，結果發現過去不情願學的中文，竟然可以有用武之地，興奮的搶著給爸爸當翻譯。我們一家難得純旅遊這麼久，心情很放鬆，有一天在香港，比雷爾一時心血來潮冷不防的問我：「你有過轟轟烈烈的情事嚜？」我們認識近二十年了，之間從未問過「從前」，人近黃昏，就更無必要談論這類話題了。既然他興之所至的問起，我也就一五一十的講起「他」，由李導演到李老闆到李大王到翰祥到祥子到目前李導演翰祥，一路走來的種種。大概兩天才陸陸續續結束了話題。比雷爾的結語是：「嗯——很美，大概苦中也有甜吧！」我撓了下頭。比雷爾又問：「現在他在哪兒？」「我不知道。」

　　談著說著不覺到了午飯時間，漢寧餓了，我們便就近進了一家茶樓。客滿了，伙計要我們稍候一下，候位時比雷爾突然說：「遠遠的那桌大概認識你，好像一面吵架還一面向著我們這邊看。」「不可能吧！」說著順著他的眼神望去，竟是李導演夫婦和孩子們，一時之間我愣住了，但比雷爾反應極快，問說：「是不是又是『路遇』？」「嗯——我給你們介紹吧！」我們三人穿過整個飯堂走到桌旁，李導演說：「你怎麼在香港？我們也剛到，還沒點菜就一起坐吧！」「不可以！」李太太吼著。感覺整個飯館的人都聽到了，因為有眾人的注目禮，這下子把我拉回到三十年前，在中央酒店我十八歲生日的晚宴上，一只酒杯飛到我面前的事。「怎麼了？」比雷爾問，漢寧用瑞典話告訴爸爸：「他要我們一起坐，但她說不可以。」「那我們走吧，大家在看。」比雷爾輕聲說，「不——為甚麼？我不走！」我們回到候位處，我又憶起生日的那晚：我飯照吃舞照跳，打烊後回到宿舍，哭了一整夜。輪到我們入座了，偏偏我們小桌就在他們大桌旁。坐下，點菜，用餐。臨走李導演過來打招呼：「她以為我們事先約好的。」「哎——！」我嘆氣、無奈，和以前一樣無從解釋起。

為了收集納西族舞樂儀式劇《玉龍第三國──納西情死》的素材，九五、九六年間去了雲南多次，有時路過北京，也會抽空去他在團結湖的家松園探望一下。當時他正在籌拍《火燒阿房宮》這個四十集的電視連續劇。拍這樣一部戲，固然可以把歷史上的風雲人物，如荊軻、劉邦、秦始皇等人一一搬上屏幕，又可讓影壇風雲人物的他再顯身手。但李導演沒有拍電視劇的經驗，既要戲好又要顧及一輩子都不懂的預算，所以在製作上陷入了同樣的僵局困境。倔強而敏感的他，言談中流露出廉頗老矣的落寞，常說：夕陽雖尚好，已是近黃昏了。

　　「西太后」劉曉慶既是《火燒阿房宮》的投資人，又是女主角，勞資關係不容易拿捏。她堅持一人兼飾三個角色，可以表現演技上「千面人」的特質，她是老闆，平日一向心善但又喜口出狂言，所以慣於受人仰視的李導演心中一直憋氣，開始雖然不同意，最後只得勉為其難的答應，但不免慨嘆：「誰有錢誰說話！」

　　他邀我在劇集中客串飾演荊軻母親一角，我離開影視圈多年，早已不習慣水銀燈下的生活，自己在寫新的舞台劇劇本和編舞，已經分身乏術，因此開玩笑地用「大材小用」婉謝了美意。不料他有些動氣，居然說：朋友有急我卻袖手旁觀。知道他晚年事業並不順遂，不能得心應手，朋友多但樹敵也不少，於是坦言相告：「在現實生活中要享盡用完，而在藝術上又追求盡善盡美，你是個什麼都要的人，世界上是沒有這種便宜事的！」他談到有段時期拍騙術片、風月片是自己對於商業的屈服，還有票房以及現實生活加諸的壓力，他也很清楚遭受一些同業的非議。他說：「可是你知道嗎，越是什麼都要的人，越是什麼也要不著。」神情有些落寞，感覺他失去了國聯時期的豪情壯志，有了千金散盡不再來的隱憂，心中不免黯然。

　　告辭時，他要我等一等，說：「前兩天看到件『破爛』，蠻好玩，想

1993年的金馬獎，大夥又聚首了，
恍若又回到台灣電影風起雲湧的六〇
年代。（台灣電影資料館提供）

想只有你會喜歡。」然後要司機拿給我。這是塊用細麻繩串著古錢幣做成的一幅門簾，又大又沉，我說：「挺別緻，以前還真沒見過，但能怎麼用，怎麼帶呢？」他說：「喜歡就好，管它有沒有用，改天給你寄回家不就行了。」

上車時夜色已深，送我到大門外時他自個兒在那笑。「你笑什麼？」他說：「想起你寫的《往時・往事・往思》，我突然想將來你會寫我嗎？我是說寫我們？」我說：「你還好好的，談甚麼『往』？」我們揮手告別，怎能想到竟然是永別！

一九九六年十二月十八日清晨，人在香港柏立基學院，睡夢中被電話鈴聲吵醒。一位熟人急促的聲音：「江老師，告訴你個壞消息，也許你已經知道了吧！李翰祥導演昨天在北京往生……」我竟完全反應不過來，掛

　　　　　　　　　　　　　　　　　　　　　　　　　　　　　　故人故事

上電話，照常刷牙、洗臉、吃早飯、打車赴上環香港舞蹈團排練《玉龍第三國——納西情死》。排練場外的記者越來越多，我仍心無二用繼續排練，午飯休息時間到了，記者蜂擁而上，「江老師你行嗎？」不知誰在我耳邊輕聲問，一時之間崩潰、泣不成聲，完全顧不得是在眾目睽睽之下，就和二十六年前在台灣年貨市場上「路遇」一樣，我哭得迴腸盪氣如河決堤……，下午的排練只好取消，記者當然又有故事可編可寫，但愛怎麼寫就怎麼寫吧！

幾週後，預先約了李導演的太太張翠英，到九龍清水灣松園去探望她。沒想到她把兒女們都約齊了共進午餐。問她將來的打算，她說要把北京和香港的兩個松園打理清楚再說。沒想到這是我們最後一次會面。後來聽長女李燕萍說，之後她把北京李導演的遺物整理好的當晚，也如影隨形的隨夫君去了。真是一輩子的歡喜冤家！

九七年初，香港舞蹈團演出結束之後回到瑞典，進家看到郵包，打開一看，竟是那幅門簾，我記起這是他承諾過要寄給我的。東西收到了，但寄件的人呢？

他上北平藝專年少時的同學梁雲坡寫道：「李導演仙遊。」也只有他稱得起「仙遊」，他看盡了大千世界的悲歡離合生老病死慷慨激昂嬉笑怒罵……隨後，急馳而去。雖然有些倉促，但我堅信他是去履神仙了……。

九月初雖是夏末，但北歐已是深秋，推開門窗，夜藍的天空中綴滿了星斗。想到遠去的故人，雖然已經遙不可及，但那一點點閃耀的星光和一絲絲心頭的暖意卻恆在！

2012年9月3日

同船過渡都是有緣人？——李導演翰祥

後語

　　很多我曾相識的友人故去了，離別是人生中最令人神傷的無奈，而今記下曾經接觸過的、有過情誼結的、同行共事過的、分享過喜怒哀樂的……諸多人的故事，是段複雜的心路歷程。回憶可以美好而溫馨，但同時也伴隨著難言的酸楚，感懷之中又必須面對無法逃避的苦痛。

　　想寫的遠去故人和值得記下的故事很多，也列了許多人的名字在提綱中，但一時半晌不可能在一本書中完成。因為寫到後來我才發現：在寫故人的同時其實很大成份也是在寫自己，既難為也傷神，於是決定到此暫且打住。追憶父親、戴先生愛蓮、Birgit Akesson、王己千先生……都要等緩過氣來再考慮如何提筆。

　　往時、往事歷歷在目，也沉澱在胸臆中，要勾勒這些曾經在自己生命中點過一下、掃過幾筆、發過溫熱、射過強光的故人，用文字刻畫描繪完全屬於個人角度的故事，極為不易。本書有些文章曾在香港《明報月刊》、香港《蘋果日報》「蘋果樹下」專欄、台灣《中時》人間副刊、新加坡《聯合早報》登載過，他們的刊載給我增添了許多信心。也要特別感謝董橋先生時刻的提點。

　　為文章搭配照片最難為。因我沒有存照以及和往來朋友們合照留念的習慣，只好到處央求找救兵。在此要感謝 Mia 丁、龍門雅集、蘇煒、北明、秦萍、Ulla Aberg、Bengt Wanselius、韓湘寧、柯錫杰、許以祺、董建

平、李輝、楊凡、林懷民、郭小莊、香港電影資料館以及和我相交了整整五十年的摯友鄭佩佩的熱心相助。佩佩不但提供彌足珍貴的照片還撰文補遺；作家老村也及時寄給我他寫的〈懷念恩師高信疆〉給文章增添視野。而 Jackie 韓、王利平、漢寧 Blomback，也都在百忙之中伸出援手幫忙掃描圖片。

最需感謝的是台灣電影資料館薛惠玲女士提供的支持，她給我郵寄圖錄、寄發照片、還不厭其煩地回答我一個又一個繁瑣的問題，可以想見其中耗費的時間和耐心。

在寫作過程中，編輯時常督促我，也提供了不少寶貴的意見，在一遍又一遍的校稿中，特別仔細和周詳，在此衷心感謝。

李歐梵、董橋、焦雄屏三位師友慷慨捐獻出他們寶貴的時間為本書作序，在此也一併請他們接受我真摯的謝意。

最後，我要向老友陳邁平（萬之）致謝，沒有這位高手替我認真翻譯瑞典語，文章定會遜色不少。

江青

比雷爾知道我心儀已久這個《群像》雕
塑，多年前送給我作為五十歲生日禮物。
近日赫然發現：雕塑的視覺意像竟和我的
這本《故人故事》的文字意像如此貼近。
（Evert Lindfors 雕塑作品／王利平攝）

故人故事